Good Bye My・・・

尾道貴志

Onomichi Takashi

風詠社

目次

装画　ベアごん
装幀　２ＤＡＹ

Good Bye My…

1　ペンション「銀河」

「オーナー、お世話になりました、急に来て悪かったね」

「とんでもない！　こちらこそありがとうございます、料理はどうでした？」

「最高！　あり合わせだなんて言ってたけど、本当に美味かったよ」

「そう言ってもらえるとうれしいです」

「オレ一人のために家族みんなで迎えてくれて……心が疲れるとついつい足が向いちゃうんだよな」

「いつでも来てくださいよ、あったかさがうちの最大のサービスですから、なっ！」

「そうですよ、結城さんは『銀河』の記念すべき最初のお客さんなんですから、いつ来ても大歓迎」

「ありがと、愛ちゃん。それにしてもマスター、いい嫁さんもらったよな、うらやましいよ、ウチの女房なんてガミガミうるさくってよ……」

「おっと、そこまで、そこまで！　人の悪口言うな聞くな」

「はい、はい、それじゃ、出発するかな」

「雪ちゃん！　空ちゃん！　お見送りよ！」

「はーい！」

「おお、雪ちゃん、空ちゃん、ゆうべはお唄を唄ってくれてありがとう」

「またきてね、結城のおじちゃん」

「うん、また来るさ、約束だ！」

「いってらっしゃーい」


ペンション「銀河」は八ヶ岳を望む小高い丘の上にある。スキー場に近いペンション村は三月でもスキー客でにぎわうが、ペンション村から少し離れた「銀河」の三月はシーズンオフのようなものだ、平日ともなれば来客はゼロに等しい。

オーナーの出水涼は、いつでも予約でいっぱいのペンションになればいいと思う時もある。でも、家族四人がこの大自然の中でのんびり暮らしていければそれでもいいと思う。土地は父親から譲り受けたものだし、物価も安い、隣の畑で野菜や果物は自給できる、サラリーマン時代の少しばかりの蓄えもあるし贅沢さえ言わなけりゃ暮らしていくのに困ることはない。それに何と言ってもここの星空は日本一だ。

「銀河」のウリは満天の星空だ。玄関前方に八ヶ岳を望むロケーションは周りに建物らしき建物が一つもない。丘の上からは眼下にふるさと「清森」の町並みが一望できる、車がなければ完全に陸の孤島だ。でも住んでみるとこんなに素敵な場所はない。

辺りには灯りらしき灯りはなく、一年中が天然のプラネタリウムだ。大きめのロフトには自慢の天体望遠鏡がいつでも空を見上げている。

ゲストの八割がリピーターだ。この星空を眺めにやってくる天体マニアと、ロマンにあこがれる若者たちが「銀河」の虜となり幾度となく足を運ぶ。周りに遊ぶところもないのでちょっと泊まろうという客はなく、シーズン中の夏でも満室になることは少ない。

それでも、やってくる旅人はみな星空を見上げて心を充電して帰っていく。空を見ながら涙を流すゲストも珍しくない。涼はその姿を見るたびに（純粋なお客さんばかりでいいな）とうれしく思う。

「愛ちゃん、今日のお客さんは？」

「二人よ」

「へー、この時期に連夜の泊り客とは珍しいな」

愛とは学生時代に出会った、勉強もそこそこにバイトをしては日本中を旅していた涼に愛が声をかけたのは北海道のユースホステルである。愛もまた女性にしては珍しく一人で日本中を旅していた。初対面から気の合った二人はそれぞれの故郷に帰ってからも手紙やメールで交流を続けた。卒業後、再会したのが涼の故郷ここ八ヶ岳の山荘だった。二人とも社会人になっていたが旅好きはずっと変わらなかった。

プロポーズはその一年後。さらに五年後、涼は勤めていた旅行会社を辞めその年に亡くなった父親の住んでいた土地を譲り受け「銀河」をオープンした。そして、あたかもそのオープンのプレゼントでもあるかのように雪と空の二人を授かった。


「若いカップルみたいよ」

「そうか、初めての人か」

「うん、電話でちょっと話したんだけど今度結婚するらしいの」

「そりゃめでたい、そうだ、僕らのお祝いも兼ねて今夜はパーティーといこうか」

「お祝いって？」

「僕らも結婚して来月で十年目だ」

「ちょっと早いかも」

「おめでたいことは便乗しなくちゃ、幸せが四倍になるぞ！」

「それなら雪と空の誕生日も一緒にやる？」

「それも来月だな、よしプレ誕生会も兼ねよう、幸せは十六倍だ！」

「賛成！」


明け方の鈍色の空がお昼前には嘘のように晴れ渡り、八ヶ岳が澄み渡った青空を背に見事な雄姿を見せる。風は凍てついてはいるが微かに春の予感を感じさせる。

「買い出しに行ってくるわ」

「うん、よろしく、『吉田ファーム』のバターとヨーグルトも頼む、あとお祝いのケーキも」

「どんなケーキにする?」

「まかせるよ、可愛らしいのがいいな」

「OK!」

「あっそれから、国道に出る坂道のところ気を付けて、このところの寒波で道が凍ってるからね、一昨日もスリップ事故があったんだってさ」

「わかった、安全運転で行くわ、雪! 空! 買い物に行くわよー」

「行くー」


雪と空が競走するように駆けてくる。

白い服が雪のトレードマーク、青い服が空のトレードマーク、初めて二人に会った人はまさに「うりふたつ」の顔に必ずと言っていいほど目をパチクリさせる。

初対面から顔で見分けることは至難の業である。そこで洋服で二人を見分けるのだ。二人はツインテールのおさげ髪を揺らしながら愛の両足に同時にしがみついた。


「今日は雪がお母さんのとなりね」

「だめ、今日は空の番だもん」

「けんかするならこれからずっと二人とも後ろの席だぞ」

涼がちょっと怒った顔を見せながら愛の両足にしがみついている二人をたしなめる。

「そうね、順番からいくと今日は空の日かな」

「わかった……雪は後ろに座る……」

「さすが、雪、お姉ちゃんだけあるな」

「うん」

「五分間の違いだけどな」

「それでも私がお姉ちゃん！」

「はいはい、じゃ、行ってきまーす」

三人を乗せたミニバンは銀色の景色の中を下界に向けて走り出す。お客さんの送迎用でもある車体には様々な星座が描かれている、走る「銀河」だ。

「こんにちは、秀さん」

「ああ、愛ちゃん、いらっしゃい」

「こんにちは」「こんにちは」

「これは、これは、雪ちゃん、空ちゃん、いらっしゃいませ」

「おじさん、バターとヨーグルトを下さい」

「はいよ、えらいね、お買い物のお手伝いだ」

「うん、雪が買うの！」

「空もだよ！」

山麓にある「吉田ファーム」はこの辺りでは有名な観光農場だ。広大な牧場と乳製品の直売所、宿泊施設も兼ねたコテージ風の小屋では夏の観光シーズンになると、地元の人たちによるイベントが毎日のように行われる。「銀河」からは車で四十分ほどの距離である。

オーナーの吉田秀が脱サラしてこの地に牧場を開いて二十五年がたった。今では地元の首領（ドン）よろしく、ペンション村の経営者の相談に乗ったり、地元の高校生のイベントに協力したりと多くの人から慕われている。


「まだまだ寒いですね」

「ああ、でも春の予感ていうのかな、ここにいると感じるよ。空気が違うんだな、『銀河』はもっと寒いよね」

「ええ、ほとんど山の上ですから、春はもう少し先かな」

「あとは何か？」

「生ハムとバジルソーセージをもらえますか」

「今夜のお客さん用かい？」

「ええ、初めての方がいらっしゃるんです、ここのソーセージを食べてもらわないと来てもらった甲斐がないですから」

「おお、うれしいねえ、そうだ、おまけにこれ持ってきなよ」

「おまけってなに？」

「空ちゃん、見てごらん、おじさんが作った新製品のチーズだ」

「あ、あたしこれ見たことある」

「そうだろ、トムとジェリーのチーズ」

「ほんとだ、マンガに出てくるのとおんなじ形だ」

「わかるかい、雪ちゃん、マンガそっくりに作ったんだぞ」

「すごーい、おじさん、ありがと」


雪と空は袋から両手に余るくらいの大きなチーズを取り出し、穴からお互いの目を覗き合う。


「すみません、ありがとうございます」

「溶かして食べても最高なんだが、こいつはこのままテーブルに出してくれ」

「はい」


秀はちょっと気取ってウインクをして見せた。秀の気さくな人柄とこうした遊び心がこの農場が地元はもちろん多くの観光客の人気を集めている秘密のようだ。

「あら、いらっしゃい」

「あ、おばさん」

「秀さんにチーズをいただきました、いつもありがとうございます」

「ああ、あのマンガのチーズでしょ、まったく変なものばっかり作るんだからね」

「ううん、とっても素敵です」

それを聞いた秀が勝ち誇ったように満面の笑顔で続ける。

「ほら、わかる人はわかるんだよな、今作ってるのもヒット間違いなしだ」

「まだ新製品があるんですか？」

「おお、名付けてヌンチャクソーセージ！　ヌンチャクにもなるし食べると美味い！」

「ほんとバカでしょ」

店中に響く温かい笑い声に包まれながら三人は再び車に乗り込んだ。牛たちののどかな鳴き声を後に「銀河号」は冷たい春の空気の中を丘のてっぺんへ向けて軽やかに駆け登って行った。

2　絶望

「琴、夕ご飯よ」

ドア越しに声をかけた優子は返事がないことに少しためらった後、もう一度言葉を絞り出した。

「入るわよ」

ドアを開けて琴の部屋に入る。読書灯だけの薄暗い部屋の中から返事は聞こえない。

ベッドには布団にくるまったまま背を向ける琴の姿があった。

「琴、夕飯できたわ、あなたの好きな炊き込みご飯」

「降りていらっしゃい、お父さんも心配して待ってるのよ」

「……食べたくない」

「あなたの気持ちはわかるけど、この一週間ろくに食べてないじゃない、体壊しちゃうわ、ね、少しだけでも一緒に食べよ」

優子の言葉を聞いたその瞬間、思わず琴はベッドから起き上がり優子に向けて叫んだ。

「私の気持ちがわかるわけないじゃない！　何でお母さんに私の気持ちがわかるの！　勝手なこと言わないで！」

「琴……」

「私のこれまでの十七年は何だったの？　どうして私にピアノなんて習わせたの！　出てって！とにかく出てって！」

つらい気持ちを抑え階下に降りた優子は伏し目がちに敏弘につぶやいた。

「やっぱり駄目、どうしたらいいの……」

「仕方ないさ、あいつにとってどれだけつらいことなのか、たかが一週間じゃ、どうにもならないんだよ、おれたちにできることはあいつを信じて見守るだけだ、お母さんもつらいだろうけど、もうしばらくそっとしておいてやろう」

「でも、あの子ほとんど食事をしてないのよ、心ばかりか体だって……」

「うん、とにかく今は我慢だ、おれたちが泣いちゃだめだぞ、わかったな」

敏弘は優子の肩に手をかけ少し力を入れ諭すように話した。

「ええ」


それは一週間前の事である。

「先生、どういうことですか？」

「うそをついても仕方がないので正直にお伝えします、くまなく検査したんですが……原因がわからないんです」

「わからないって……左手が動かないんですよ、素人考えですけど、例えば、血管が詰まったとか、神経がどうだとか、そう、右の脳に異常があると左半身が動かなくなるとか」

「お父さん、琴さん、聞いてください。すべて調べました、神経も、血管も、もちろん脳の状態も、しかし、どこにも異常がない、私も初めての症例です」

「そんな、じゃあ、治療は？」

「まずは原因をつきとめなければ治療も始められません」

凍りついた空気を琴の声が鋭く切り裂いた。

「私の手はもうだめなんですか？　ピアノを弾けなくなるんですか！」

「落ち着いて、琴さん。だめと決まったわけじゃない、さっきも言ったように原因が見つからないんだ、じっくり時間をかけて僕が必ず見つけてみせる」

里見というまだ若い医師は琴の目を見て諭すように話した。原因を見つけられなかった事に申し訳なさを感じながらも誠実な気持ちが伝わってくる。

「先生、でも時間がないんです、一か月後にピアノのコンクールがあるの。コンクールに入賞して留学するためにこの五年間必死に頑張ってきたんです、お願い！　手を治して下さい、私何でもする！　指が動くなら痛くてもつらくても頑張ります！　だから……お願い……」

とめどなく流れる涙を琴は抑えることができなかった。泣き崩れた背中を敏弘が抱きかかえるようにして声をかけた。

「琴、落ち着け、先生を信頼して治そうじゃないか」

「お父さん……でもコンクールが、こんな思いをするために練習してきたんじゃないのに」

「きっと……きっと動くようになる、信じよう」

敏弘の言葉も動揺した琴の心を鎮めることはできなかった。琴は再び膝をついて床に崩れ落ちた。

「先生、入院ですか？」

琴の体を抱えながら敏弘が里見を見上げて尋ねた。

「いや、ほかに体の異常は全くありません、病院のベッドに寝ていたらかえって気持ちが暗くなってしまいます。検査のデータは充分すぎるくらいとらせていただきました、もう一度複数の医師で隅から隅まで調べ直してみます、一週間後にまたいらしてください」

「わかりました」

それから一週間、敏弘が琴を連れて再び病院を訪れたその夜である。リビングに戻った優子があらためて敏弘に聞いた。

「検査の結果を教えて」

「うん、一週間前と変わらずだ、原因がまだつかめない」

「琴もいたのね」

「ああ、又聞きするよりもいいと思っておれが判断して連れてった」

「ショックだったのね」

「……」

「でも、いきなりでしょ、学校で左手が動かなくなって、ひじから先の感覚が全然ないって言ってるわ、もう私何が何だかわからなくて……」

「難病の可能性もあるらしい、学校は？」

「試験休みに入ったわ、そのまま続けて春休みよ」

「そうだったな」

「家にずっといて部屋に引きこもっているのも心配だわ、変なこと考えたりしないかって」

優子の言葉に胸をざわつかせた敏弘はすぐさまに否定した。

「ばか言うな、そんなことあるわけないだろ」

「コンクールは難しいわね」

「……」

「あんなに楽しそうに弾いてたのに、神様も残酷すぎる……」


音楽が縁で出会った敏弘と優子は授かった宝物に「琴」という名前をつけた。

二人が家の中で奏でるバイオリンやギターの音色に囲まれ、物心がつくかつかないかという頃から琴はピアノをたたき始める。好きこそ物の上手なれ、両親が教える琴のピアノの音は「たたく」から「弾く」そして「奏でる」へとその音色を美しく変えていった。

琴の夢は膨らんでゆく。

「お父さん、お母さん、私、留学して、ピアニストになっていい？」

二人は顔を見合わせ、父はすぐに答えた。

「もちろんだ、でも、その夢を叶えたかったら自分の力で勝ち取れ、実力がなけりゃいくら留学したってだめだ」

「勝ち取るって？」

「例えば、留学が副賞のコンクールで優勝するとかな」

「そんなのあるの」

「あるさ、夢の扉は自分で開くんだ」

「わかった、私、絶対に勝ち取るから！」

「あれから五年、あの子本当に頑張ってきたのに……」

「ああ、自主性っていうのには本当に驚いた、自分でやるからあれだけの練習にも耐えられるんだ、強制されたってできやしない」

「ええ、あの子、ピアノをとっても楽しそうに弾くの。同じようにピアニストを目指す娘さんをたくさん知ってるけど、みんなどこかしら苦しそうなのよね。でも琴の弾くピアノにはそれがないの」

「おれも感じるよ、無理やり音楽をやらせてもきっと嫌いになるだけだものな、おれたちの音楽への導き方は間違ってなかった」

琴はピアノが友達だった、黙っていれば一人で何時間だってピアノの前を離れなかった、上手に弾けなくて悔しいと思うことはあっても、練習が苦しいと思ったことはただの一度もなかった。

中学校の三年生までついていた音楽学院で師事する個人レッスンの先生である森山もそんな琴

の姿を見てこう話した。

「琴ちゃんは、このまま自由に弾かせてあげましょう、つきっきりでするレッスンは必要ないわ。練習メニューは渡すから日曜日に学院に寄こしてください、学院のホールを貸し切る形でコンクールやリサイタルをイメージして弾かせてあげる、アドバイスもその時に。ただし、特別だから夜の七時からね」

　敏弘も優子も、プロを目指す生徒が毎日何時間も個人レッスンを受けるのを知っていた。それだけに、その提案を聞いたときには、はたしてそんなことでいいのかと不安にも思ったが、森山の勇断は功を奏し琴は練習を一切嫌いになることなく伸びやかに両親から受け継いだ才能を開花させていった。

「楽しい」という感情はどんなに厳しいレッスンをも喜びに変えてしまう。それは琴の強みであった、とにかくピアノを弾くことが大好きだったのだ。

　そんな琴がピアノを奪われた。いや、厳密に言えば完全に奪われたわけではない、交通事故で腕を失ったとか、神経が麻痺したとか、望みが絶たれたわけではない。しかし、現実に左の手は動かない。見た目は何ともない、原因がわからないだけにもどかしさもひとしおだ。

　ベッドの上で右手を上げてみる、高く上がる、自由に上がる。

　指先を動かしてみる、動く、自由に動く。五本の指は自分の意思を確実に受け止め細やかな旋律を無言で奏でた。

ベッドの上で左手を上げてみる、……上がらない、自分の意思を拒絶するかのように、いや、正確に言うと自分の意思に全く気付かないかのように、左手はだらんとベッドに横たわったままだ。

指先を動かしてみる……動かない、というより全く力が入らない、左手の肘から先の感覚そのものが失われていた。それに伴い肩から上腕にかけても、感覚こそあるがほとんど力が伝わらない。

琴は右手で自分の左手を「持ち上げ」じっくりと見つめた。自分の手が、指が、何か見知らぬ動物の屍のように見えた。

（なぜ、動かないの……どこも悪くないなら、なぜ……）

もどかしさは不安へ、不安は焦りへ、そして、焦りは絶望へ……十七歳の少女がわずかに生きてきた時間の中で、この現実を受け入れるにはあまりにも人生経験が浅すぎた。

「どうして私にピアノなんて習わせたの！」

琴は優子に投げつけた自分の言葉を思い出す、口にした後でどれだけひどい言葉なのか自分でも理解していた。両親が無理やりピアノを習わせたわけではない、自分から好きで弾き始めたのだ。でも、この気持ちをぶつける相手は自分のほかには両親しかいなかった。

琴はやり場のない「怒り」と「悲しみ」さらには「悔しさ」と「淋しさ」が入り混じった複雑

な気持ちを持て余しながら、布団を頭にかぶり涙が枯れるまで泣き続けるしかなかった。

「琴、夕飯そのまま置いておくから、食べられたら食べてね」

琴は優子の声をドア越しに聞きながら、枕元にある手鏡を右手で手繰り寄せる。読書灯の灯りの下で自分の顔を鏡に映してみる。涙の跡が自分でもすぐにわかる（人間てこんなに毎日涙が出るものなの？）。

琴には、鏡に映った自分の顔が「絶望」を宣告する淋しい悪魔のように見えた。

3　団欒

「婚約おめでとう！　乾杯！」

「乾杯！」

「それから雪、空、お誕生日おめでとう！」

「かんぱーい！」

窓の外のまだまだ凍てついた空の下、「銀河」のダイニングルームではささやかなパーティーが始まった。壁際にはレンガ造りの暖炉が赤々と火をともし、吹き抜けの天井に向けて長い煙突が伸びている。

「今夜はようこそ『銀河』へ、これからみんなでパーティーを開きたいと思います。あらためて自己紹介してもらってもいいかな」

涼の言葉に若いカップルは少し頬を赤らめながら互いに見つめ合った、続いて青年が先に背筋を伸ばし笑顔で話し始めた。

「こんばんは、僕は手嶋和也といいます。今日は僕たちのためにパーティーを開いていただきありがとうございます、びっくりしたけどとても嬉しいです。僕たちは六月に結婚式を挙げます、今日は結婚前の思い出にと二人でやってきました」

青年は照れながらもしっかりとした口ぶりで話した。

「こんばんは、山口香澄といいます。今日はみなさんにお祝いしていただいて一生の思い出になりそうです、どうぞよろしくお願いします」

二人はもう一度顔を見合わせて、はにかみながら一緒に頭を下げた。

「ありがとう。あらためまして、『銀河』へようこそ、僕が一応オーナーの出水涼です。それからこちらが妻の愛、娘の雪と空です、じゃ、みんな、ご挨拶」

「こんばんは、よく来てくださいました」

「こんばんは！」

「こんばんは！」

　雪と空の顔をあらためて見ながら香澄がちょっと高い声を出した。

「本当にそっくりなんですね、雪ちゃんと空ちゃん」

「ええ、一卵性だから初めての人は見分けがつかないかも」

「それで、白が雪ちゃんで、青が空ちゃん？」

「うん、そうなんだ、覚えてもらうには一番だと思ってね。でも最近いたずらを覚えて服を取り替えたりするんだ、もっとも親はだませないけど」

　部屋中に温かい笑い声が響く。

「最初はだまされてあげたの」

「でも、うれしくってすぐに笑っちゃうんだよな、だからすぐばれる」

「この間、秀おじちゃんはわからなかったもん」

「うん、最後まで気付かなかったよね」

　雪と空は顔を見合わせて自慢げに笑って見せた。

　涼は雪と空の頭を撫でながら若い二人に尋ねた。

「二人は何をやってるのかな？」

「僕は町役場の観光課に勤めてます」

「私はデザイナーのたまごかな、絵を勉強してます。結婚してからもアルバイトも兼ねて続けていくつもりです」

「二人とも地元の人なのね、ちょっと驚いちゃった」

「ああ、『銀河』に来る人はほとんどが旅行で都会から来る人だからね、地元の天文マニアもいることはいるけどカップルで来た地元の人は初めてだよ」

「どうして『銀河』へ?」

「僕たちよくドライブするんですけど、フォレストパーク、知ってますよね?　『吉田ファーム』のとなりにあるアスレチック公園」

「うん」

「あそこの駐車場で夜空を見ていると丘の上にいつも小さな灯りが見えるんです、星で言うと一等星ぐらいの明るさで」

和也は空を見上げるような仕草で天井を指さした。

「ええ、それであの灯り何かしらって話してたらペンションだってわかって、じゃあ記念に一度行ってみようってことに」

「なるほどね、ペンション村は山麓か中腹だから森に隠れて灯りが見えないけど、ここはいわば山頂にある岬の小さな灯台みたいなわけだ」

「でも、遠かったでしょ?　あそこからなら灯りは見えてもいざ山道を登ってくると初めての人なら車で一時間近くかかるかも」

「はい、遭難しないようゆっくりゆっくり上ってきました」

香澄が笑顔で答えた。

「結婚式はどこで？」

「町の式場で挙げます。あっ、そうだ、二次会を『吉田ファーム』のレストランを借りてやるんです、よろしかったら来ていただけませんか」

「雪、行きたい！」

「空も！」

「ありがとう、ね、せっかくのご招待だし行きましょうよ」

「そうだね、ぜひ参加させてもらうよ、ジューンブライド、素敵じゃないか」

「やったー」

丘の上の小さな灯台は、幸福な二人の門出を祝うかのようにあたたかく瞬く。下界から見ればひときわ明るい一等星の様だったろう。涼も愛もこんなささやかな幸せを分かち合えたことが心から嬉しかった。

「よし、食事といこう、愛ちゃん、よろしく！」

テーブルの上に新たに食事が並べられ、二人は愛の手作りの料理を心から味わった。それは心のこもった、そしてどこか懐かしさを感じさせる料理だった。

「ねっねっ、見て、これトムとジェリーのチーズだよ」

雪と空が香澄にチーズを自慢げに見せた。

「本当だ、マンガに出てくるのと同じね」

「穴が開いてるから、向こうが見えるんだよ」

雪と空はチーズを買った時と同じようにおでこをくっつけあうようにしてチーズの両側から相手の顔を覗いて見せた。

「おいしそう、それに楽しそう」

香澄が微笑んだ。


食事が進んだところで涼が二人に向けて切り出した。

「せっかくだから、星を見ないかい？」

「天体望遠鏡があるんですよね」

和也が身を乗り出して尋ねた。

「ああ、このペンションは町の観光地から離れた辺鄙な場所にあるからお客さんはそんなに多くないんだけど、どこにも負けない星空が見られるのが自慢なんだ。望遠鏡も天文台とまではいかないけどいいやつがある。今日は空も晴れてるし空気も澄んでる、僕たちからのプレゼントだ」

「ぜひ、見せてください」

涼を先頭に六人は梯子を昇り屋根裏のロフトのような展望室に入っていった。梯子を昇り切った所には広さ六畳、高さ二メートルほどのスペースに大人の背の高さほどもある大きな望遠鏡が置かれていた。

「こいつが自慢の天体望遠鏡だよ」

「うわ、でかい、けっこう本格的ですね」

「準備をしようか」

涼は懐中電灯を点けた後、ロフトと下の部屋の灯りを消した。次に壁のスイッチを押すと望遠鏡の先にあるドーム状のガラスが開いた。真っ暗な中で望遠鏡を覗きこみ焦点を絞ると「よし」と小さくつぶやいた。

「さあ、どうぞ」

「はい」

和也が興味深げにレンズを覗きこむ。眼には明るい星々が普段見慣れている景色とは違い大きく飛び込んできた。

「幻想的ですね、何か星の間に黒っぽいものが見えますけど」

「冬の星座と言えば」

和也は一度レンズから目を離して振り向く。

「オリオン座……かな」

「うん、見えてるのはオリオン座の三ツ星の下にあるM42という大星雲、肉眼でもぼやっと見えるくらいの大きな星雲なんだ。小さいとき親父から初めて教えてもらったんで、お客さんにもいつも最初に見せるんだ」

「私にも見せてください」

香澄がレンズを覗く。

「ほんと、何か宇宙船の中にいるみたいです」

「雪、お月様が見たい！」

「はは、今日はお月様は見えないよ、だから逆に星がよく見える」

二人は代わる代わるにレンズを覗く、今度は二人とも黙ったままだ。

「素敵ですね」

「うん、じゃ、外に出てみようか、望遠鏡で見るのは星空のジグソーパズルの中のワンピースだけを見ているようなものだからね」

「はい」

二人は同時に返事をした。

「寒いから上着を忘れないでね、雪と空も行くでしょ？」

「行く行く！」

六人はいそいそとダウンジャケットを着こみ「銀河」の外へと足を踏み出した。

「うわーなんてきれいなの！」

香澄が思わず声を上げた。

満天の空には限りないほどの星々が和也と香澄の幸せを祝福するかのように瞬く。

「山の下からいつも見てるけど、ここだと星に手が届きそう！」

「ほらさっき見たオリオン座、三ツ星の下にシミみたいに見えるのが大星雲さ。それから五分も見上げてれば流れ星が流れるよ」

「ええ、ねえ、流れるまで一緒に見よう」

香澄は自分の左手の手袋を外すと今度は和也の右手の手袋を脱がして、そっと手を握った。冷たい空気の中でお互いの手のぬくもりが伝わった。

涼はそんな二人の姿をほほえましく見守る。二人が思い出づくりに「銀河」を選んでくれたことがとても嬉しかった、そして、自分もまた二人の幸せを分けてもらったようなあたたかい気持ちになった。

涼が愛たちを小さく手で呼び寄せ、小声でささやく。

「おじゃまだから……静かに家に入るぞ」

「あ、流れた！」

「僕も見えたよ！」

和也と香澄はつないだ手が冷たくなるまで満天の星空を見上げていた。

「ねえ、来てよかったね」

「うん」

二人はさらに寄り添うと握り合った手に白い息を吹きかけてお互いの手を温め合った。

4 信濃山荘

腕時計を見ると針は夕刻の五時過ぎを指していた。

駅からバスで二十分ほど、まだ雪の残る森の中のバス停に降りる。緩やかな坂道をさらに十五分ほど歩く、湿った冷たい風が容赦なく頬に当たる。

琴は一瞬立ち止まりかじかんだ右手を口にあて息で手を温めた。ふと思いついて右手で左手の甲をつねってみる。だらりと垂れた左手の指先は痛みどころか寒さすら感じなかった。あらためてその事を思い知り琴の目から一筋の涙がこぼれた。右手で涙をぬぐい再び歩き出す。森が途切れ視界が少し開けた。ウッドデッキが印象的な木造の建物が目に入る、入口まで近づくと大きな木の看板が琴を迎えた。

《ユースホステル　信濃山荘》

扉を押すとドアにつけてある乾いた鈴の音が静寂を柔らかく破る。

フロントに人の気配はなかった。木の香りのする小さなカウンターの奥の壁には「お帰りなさい」の大きな文字と共に宿のペアレントとともに手を振る若者たちのポスター、ユースホステルの振興やPRといったものらしい。

「こんにちは」

聞こえるか聞こえないかくらいの小さな声で琴は自分の存在を知らせる。

玄関横にある受付らしき部屋から、五十代くらいの白髪交じりの男が赤いエプロン姿で琴の声に明るく応えた。

「はい、こんにちは！」

「予約しました村上です」

「ええーと、ああ、村上琴さんだね、お帰りなさい」

「えっ、初めて泊まるんですけど」

「ユースは初めて？」

「はい」

「ユースホステルはホステラー、あ、泊りに来てくれる人のことね、みんな家族と思って接するんだよ。だから到着した時はお帰りなさい、出発するときは行ってらっしゃい」

「そうなんですか」

「何だか元気ないね、疲れたのかい？」

「いえ……」

「今日は平日でほとんど貸し切りみたいなもんだから気を遣わずにゆっくり休めばいいから。この宿泊名簿に記入して、それからこの紙に書いてあることをよく読んでおいて下さい。夕食は六時から、お風呂は十時までならいつでもどうぞ、よかったらもう入れるからね。初めてってことだけど、ベッドメイクや食事はセルフサービスなのでよろしく、何かわからないことがあったら僕に聞いて下さい」

「わかりました」


右ひじで用紙を押さえながら宿泊名簿をぎこちなく記入した後、琴は重い足取りで部屋へと向かう。泊り客がほとんどいないことが今の琴にほんの少しの安堵を与えた。

指定された部屋に入る。八人の相部屋、二段ベッドが四つ、琴はその一つに荷物を置くと窓の開けて外の景色を眺めてみた。薄暗い雲の下にぼんやりと八ヶ岳連峰の山並みが連なる。鈍色の空の色があたかも自分の気持ちを映し出しているかのように感じる。


「ねえ、あなた、ちょっと話があるの」

夕食後の食卓で優子はおもむろに話しかけた。夫の敏弘は食事を終えると新聞を読みながらゆっくりとした時間を過ごすのが日課だ、優子はその時間を待っていたかのようにお茶を注ぎながら語りかけた。

「どうした？」

「琴がね、旅行に行っていいかって」

「旅行……誰と？」

「それが、一人でだっていうの」

「どこに行くんだ？」

「信濃だって」

敏弘は少し考えたあとおもむろに口を開いた。

「いいだろう、行かせてやれ」

その言葉に優子は一瞬とまどう。

「でも、もし何かあったら……」

優子の心の中では絶望にさいなまれた琴が思いつめて自らを追い込んでしまう不安がぬぐえなかった。今の様子を見ている限りできる事なら二十四時間ずっとそばで見守っていてやりたい、それが本心だった。敏弘はそんな優子の心の内を見透かすかのように妻の顔を見つめ落ち着いた口調で話した。

「お前の心配はわかるよ、おれだって今の話を聞いたとき、正直ドキっとした。でも、今の琴の様子は家にいるお前が一番わかってるよな」

「ええ、病院の診断を聞いてから部屋にこもりっきりでろくに食事もしてない……」

「このまま部屋の中にずっと引きこもってたらそれこそどうなると思う?」

「……」

「診断のあと初めて自分から何かをしたいと言い出したんだ、思い通りにさせてやろう」

「でも、まさか思いつめて……」

「本当に死ぬ気なら親に相談なんかしない、おれなら誰にも言わずに家出する」

「ああ、もう胃が痛いわ……」

「信濃なら電車で一時間だ。で、どこに泊まるんだ」

「野辺山のユースホステルだって」

「それなら安心だ、高校二年生の女の子が一人で泊まれるところなんてほかにはそうないからな」

「じゃあ、行かせていいのね」

「ああ、そのほうがいいと思う。ただし、始業式までに帰ってくることと、それから一日最低一回はメールを寄こすこと、その二つだけは約束させてくれ。あと防犯ブザーか笛を持たせよう」

「わかったわ」

優子はようやく自分を納得させるかのようにゆっくりとうなずいた。

窓の外の景色を眺めながら琴は自問自答を繰り返した。

(私はこれからどうしたらいいの? コンクールには出られない、留学もできない、いや、きっとこの先もう永遠にピアノは弾けない、ピアノばかりかずっと左手が動かないまま生きていかなくてはいけない……）

自分の心を奮い立たせようとするが、未来を想像するとすぐに気持ちが崩れ落ちた。

ピアノが友達だった琴にとってピアノを奪われることはどうしても受け容れ難い事だった。例えば、足が動かなくなっても、目が見えなくなっても、その方がまだましだ、不謹慎かもしれないがそんなことすら琴は思った。

気が付くと山並みはすっかり闇の中へと溶け込んでいた。

窓を閉めてあらためて荷物整理とベッドメイクを始める。慣れない右手だけでベッドにシーツを敷くのに思いのほか時間がかかった。ほどなく部屋のスピーカーから放送が流れる。

「夕食の準備ができました、宿泊の方は食堂にいらしてください」

さきほど受付で話した主人の声、ユースではペアレントと言うらしい、悪く言えばのんきな、良く言えば温かみのあるその口調が琴の心を少しだけ癒した。

琴は部屋に出て食堂に向かう。部屋を出てすぐとなりがミーティングルーム、ここからは男女共用のスペースになる、その隣の図書室を過ぎると玄関を越えた奥が食堂だった。

ユース全体は木目調に統一され、食堂も山小屋をイメージして隅には小さな暖炉まである。思ったよりも広い、テーブルが十五くらい、満席になれば六十人は座れるほどの広さだ。広いだけにほとんど泊り客のいないこの日の雰囲気は閑散として薄ら淋しい。

テーブルに一人だけ先客がいる、三十代くらいの男が入口近くの席に静かに座っている。琴は通りがけに思い切って声をかけてみた。

「こんばんは」

返事はない、男は暗い表情でうつむきながら静かにスープを口に運ぶ。

（陰気な人……）

琴はそう感じて、夕食の乗った皿を受け取ると男からわざと離れた席に腰を掛けた。

広い食堂には男と琴の二人だけだ。ＢＧＭのクラシック音楽がかすかに流れる中、琴は気になってもう一度男の方に目を向ける。男はあいかわらず下を向き何とも言えぬ陰鬱な顔で黙々とスープをすすっていた。それは食事を楽しむというよりも食事という仕事を仕方なしにこなしている、そんな感じすら受ける光景だった。

（やっぱり気味が悪いわ）

琴はまだ慣れ切っていない右手だけの食事を始めた、周りに人がいないことが何よりの救いだ。誰かがいればその不自由そうな姿に必ず好意で声をかけてくるだろう。そうした好意を快く受け入れる心の余裕が今の琴にはまだない。自由に動く左手を見ると羨望、いや嫉妬や妬みの気持ちすら湧いてくる。

今の琴には醜い思いを抑え込むことができない、話しかけられても事情を説明することが苦痛だ。もしも同情などされようものなら泣き叫び相手に当たり散らすかもしれない。

（よかった、人がいなくて……）

ユースは一人旅のホステラー同士の出会いの場でもある、本来ならば泊り客が少ないほどコミュニケーションも濃密になりがちだ。琴にとってはたった一人の同宿の「仲間」が部屋を別にする男性客であり、なおかつ琴に話しかけてくることがないだろうことは淋しさよりもむしろ安堵感を抱かせるのだった。

ゆっくりと食事を終えると自分の食器を洗い、食堂の出口へと向かう。男はまだ食事を終えることなくテーブルに座っていた。

男の横を通り過ぎる時、琴は誰とも話したくないという気持ちとは裏腹にもう一度だけ男に小さく声をかけてみたくなった。その暗く、哀愁に満ちた表情がどうしても気になり、そうせざるを得なかったのだ。

「お先に失礼します……」

すると、男は初めて顔を上げ琴の顔を見た。そしてかすかに会釈をしたように見える。しかし、顔の表情はそのままで再びうつむきながら静かに食事を続けた。

（もしかすると私もあの人と同じ顔をしているのかもしれない……）

琴はそんな思いを胸に男から視線を戻した。

食堂を出てベッドルームへ向かう、途中の部屋をそれとなく覗いてみた。

図書室は中央に囲炉裏がありその周りの板の間には座布団、部屋を囲むように本棚がありガイドブックや小説、漫画の類が並べられている、ここで寝ころびながら読書を楽しむのだろう。

隣のミーティングルームは一見会議室のようだった。長机が四角く配置されている、会議室と違うのは奥に小さなステージのようなスペースがあることだった。おそらく、机をどけてできる広い空間が客席となり、ステージではユースホステルならではの様々なイベントが行われるのだろう。

部屋の壁には色々な掲示物が貼られている。バスの時刻表、駅の時刻表、観光用の地図やポスター、ホステラーから寄せられた手紙、八ヶ岳と高原植物の写真、先刻会ったペアレントを描いたらしい大きな似顔絵もあった。奥さんの絵がないところを見ると独身なのかもしれない。

普段の状態で来たならばどれも琴の心を楽しませてくれる素敵なデコレーションなのだろう、普段の状態であれば……しかし、今はその色彩が色あせて見える。


部屋に戻った琴がドアを開け自分のベッドに目を向けた時だった、何か先程と違った違和感が……。

そこには人の気配があった。

一瞬足を止めた琴は一つ深呼吸をすると、おもむろに部屋の奥へと足を踏み入れた。

5　出会い

ベッドルームには確かに人影があった。

（私のほかにも泊まる人がいたんだ……）

今、まさに到着したばかりと見える女性がドアに背中を向ける格好で荷物を降ろしている。背中越しに琴の気配を察したのか、こちらを振り向き琴の顔を見る。

年の頃は三十代の後半くらいだろうか、短めの髪にこの時期にしては日焼けしたような顔は目鼻立ちがはっきりしている、背も高そうだ。見た目は元気いっぱいのスポーツウーマンと言った印象だが、自分を見る表情に琴は何かしらの憂いを感じ取った。


「こんにちは」

「こ、こんにちは」

琴は小さく返事を返す。

「今夜の泊り客、女は二人だけみたい、よろしくね」

がらっぱちな口調に琴は少しドギマギする。

「あ、はい……」

「高校生？」

「はい」

「宗田、宗田圭子よ、あなたは」

「村上琴です」

「いい名前ね、あたし疲れたからお風呂に行ってくる、一緒に行く?」

「い、いえ、私はあとで……」

「そう、じゃ、お先に」

(左手のことは気付かれないようにしよう)

圭子との短い会話の後で琴はそう心に決めた。


圭子が戻ってきたのは一時間以上経った八時を過ぎた頃であった。相当長い時間湯に入っていたと見えて顔が火照ったように赤い、体からまだ湯気が出ているかのようなそんな様子にさえ見えた。


「ああ、気持ちよかった、あれ、もう寝るの?」

琴は圭子が戻る前に寝巻き代わりのジャージに着替えベッドに体を横たえていた。着替えるところを圭子に見られたくなかったし、余計な事を聞かれるのも、心が重かった。

「はい、疲れてるので、お先に……電気は消灯までつけていて構いませんから」

「……そう、おやすみなさい」

「おやすみなさい」

布団と毛布を頭からかぶり、琴は圭子が自分に関わり合ってくるのを避けるように無理にでも眠ろうとした。

しかし、布団の中でも逆に頭が冴えてくる、眠ろうとしても不安が琴を眠りから引っ張り出そうとする。


（私はこれからどうなるの……）


そう思うたびにあせりと絶望感が琴を襲う、一人で考え込むと人間は得てして自分を追い込んでしまう。悪い方へ悪い方へと思考が負のスパイラルに陥り、その階段を廻っている間に行き先がわからなくなってしまう。

こんな時、誰かに手を引いて導いてもらえたらどんなにか助かるだろう、誰かに自分の気持ちを打ち明けすべてを聞いてもらうことができたらどんなにか楽になるだろう。

しかし、生来の琴の性格がそれを邪魔していた。琴は今まで良きにつけ悪しきにつけ自分一人で困難を乗り越えてきた。誰かに話しても結局最後は自分で解決するしかないのだ、そう信じて今まで生きてきた。

ピアノもそうだ。うまく弾けなければ弾けるまで練習する、教わるよりも本当の力がつく、そう頑なに思っていた。そしてこれまで実際にそれを成し遂げてきた。それは琴の強さだ、人に頼らずに自分の力だけで生きていくことは人並み外れた精神力が要る。

しかし、それは同時に琴の弱さでもあった。自分の意思を押し通すことは他人の言葉を受け容れないことにもつながる。視野の狭さは自分の力で乗り越えられない迷路にはまり込んだ時、出口から遠い方へ遠い方へと自分を運んでいきかねない。高い所から迷路全体を見渡して導いてくれるナビゲーターに自分を委ねれば、もっと楽に出口にたどり着けるのに……。

こうして旅に出たのも心の奥底で何かに救いを求めていたからかもしれない、でもこうして心を閉ざして自分の世界で悶々としている限りは自分の部屋にいるのと大差はない、そのことに琴は気付けずにいた。

知らず知らずのうちにまた涙がこぼれてくる。その涙を拭うこともせず、琴はようやく浅い眠りに落ちていった。

「……うう」

浅い眠りの中で琴は何かうめき声のようなものを聞いた。

「……うう……うう……」

(何の声かしら)

次第に意識がはっきりしてくると琴のアンテナが声の出所を探し始める。

「申し訳ありません……」

声は隣のベッドの方から聞こえてくる。

（宗田さん？　寝言……？）

琴はベッドからゆっくりと起き上がると圭子の姿を探ってみる。

部屋の灯りは消えていたが圭子のベッドには読書灯が灯っていた。琴はそっと圭子の顔をのぞく、そこには苦しそうな表情の圭子の顔があった、寝汗をかいているようにも見える。

「……うう」

その苦しそうに続くうめき声が琴に思い切った行動を起こさせた。

「宗田さん、どうかしたんですか？　宗田さん」

琴は圭子の肩を何度か軽く揺すってみる。

「宗田さん」

何度か声をかけると不意に圭子は閉じていた眼を見開き、一瞬何事があったのかわからないかのように琴の顔を見つめた。

「大丈夫ですか？」

何秒かの沈黙ののち、圭子はようやく事態が呑み込めた様子で手で額の汗を拭う。

「ええ……大丈夫よ」

「何だかうなされていたみたいなんですけど……」

「変な夢を見たわ、ごめんね、迷惑かけて」

「いえ」

「ちょっと顔洗ってくる」

圭子はタオルを持って部屋を出て行った。

琴はベッドに腰掛ける形でしばらくの間そのまま待っていた。

二、三分の時間をおいて圭子が戻ってくる、そして琴に声をかけた。さっきの苦しそうな表情はなくなり出会ったときのさばさばとした感じに戻っている。

「ありがとう」

「いえ」

小さく返事をした琴、小さな安堵が胸の中をよぎる。タオルを首にかけてベッドに腰掛けた圭子は琴の顔に目をやると少し微笑むようにして声をかけた。

「ねぇ、良かったら少し話さない？」

「……」

「あなた、何か悲しいことがあるんでしょ？」

圭子は落ち着いた調子で話しかけた。

「別に……ありません」

「そう？　でも、顔に涙の跡がついてるわよ」

琴ははっとして目のあたりに触れてみる、乾いた涙が悲しみの残骸のように目元に残っていた。

「ちがいます！　涙なんかじゃ……」

「安心して、変な言い方だけど、人って自分が不幸な時に幸せな人と話すのって辛いよね。でもね、あたしも今あんまり幸せじゃないんだ、だから安心して」

「えっ？」

圭子の言葉はストレートに琴の心に響いた。

琴は、自分が感じていたことを圭子がそのまま言葉にしてくれたような気がして思わずはっとした。

（そうか、私は幸せそうな人に触れたくないんだ。幸せそうな人を見て、話すと自分が幸せでないと思い知らされるから、だから人を避けてるんだ……）

「人間ってきっと誰もがそうよ、《衣食足りて礼節を知る》って言葉知ってる？」

圭子の質問に少しだけ時間を置くと琴は小さく首をかしげてみせた。

「いえ、初めて聞きます」

「人間は着るものと食べるものが充分にあって、そこで初めて礼儀やマナーを身につけることができるってこと、わかる？」

琴は圭子の言葉を頭の中でゆっくりと噛み砕いてみた。

「何となく」

「その日の食べ物にさえ困ってる人に挨拶をしろだの敬語を使えだの言っても無理よね、それは気持ちに余裕があって初めてできる事なの」

琴は話の続きを期待した……圭子が何を言いたいのか少し見えてきたからだ。わずかながらに身を乗り出している自分にも気づいた。

「人間は自分が幸せでないとなかなか人には優しくできないわ、自分が笑顔でないと人に幸せを与えるのは難しいってこと。あなたを見たとき悲しそうな顔をしてるなって思った。普通、明るく挨拶してくれるからね。でも仕方ないのよ、あなたは今悩んでるから人に笑顔をあげられないのは当然なの」

「……」

圭子の言葉は乾いた地面に雨水が少しずつしみこむように、はたまた、暗雲立ち込める空に一陣の風が吹き、雲の隙間から一筋の光が差し込むように、琴のもやもやしていた気持ちを少しだけ晴らしてくれたような気がした。

「さっきも言ったけど、あたしも今あんまり幸せじゃないんだ、だから話さない？　もしあなたより私の方が不幸だったら、気が楽になるかもよ。人間は悲しいかな優越感を食べて生きているようなところがあるからね」

「そんな……」

「ごめん、意地悪な言い方をしちゃったわね、実は本当のこと言うとあたしが話を聞いてほしいの、聞いてくれる？」

琴は少し考えたのちコクリと小さく頭を下げた。

「はい」

「ありがと、ええと　琴ちゃん　でいい？」

「いいです」

「さっきの夢ね、実は毎晩のように見るんだ」

琴は先ほどうなされていた圭子の姿を思い出した。

「毎晩ですか？」

「ええ、毎晩、見たくないんだけど……深層心理ってやつかな」

「何だかずいぶんうなされてました」

「そう、いい夢じゃないからね」

「宗田さん……圭子さん何があったんですか？」

圭子は大きく息を吸い数秒間言葉をためたあと、琴の目を見つめてつぶやいた。

「あたしね……人を死なせちゃったの」

「えっ？」

圭子の言葉に琴は一瞬息をのんだ。

6　告白

「人を死なせたって……」

琴は緊張を隠せずに圭子の顔を見る。

「ちょっと驚かせちゃったね、事故なんだけど、あたしが死なせたようなもんだから」

圭子は琴から視線を外すと遠くを見るような目を見せた。

「クビ……ですか？」

「勧奨退職という形にしました、退職金も出ます」

校長の徳田の言葉に圭子は一瞬言葉を失う。

「……わかりました、あたしも覚悟はできていました」

「宗田先生、私としてはとても残念です。先生はとても優秀な教師です、熱心で筋が通っていて、できればずっとこの学校で力を発揮してほしかった」

「いえ、辞めたからといって自分の罪が消えるわけじゃありません。一生背負って生きていくしかないんだと……」

「私立学校である以上理事長の意見は絶対なんです、力になれなくて申し訳ない」

徳田はすまなそうに圭子向かって頭を下げた。

「とんでもありません、頭をお上げください、謝らなくてはいけないのは私の方です」

圭子は徳田の肩に触れ、その顔を起こすと反対に両手を前に組み直して深々と頭を下げた。

「校長先生、本当にご迷惑をおかけしました」

「先生はまだまだ若い、今回の事故は本当に不幸だが人生先は長いんです、決してくじけることのないよう」

「ありがとうございます、それで、山下君のご両親は？」

「……おそらく訴訟になるでしょう」

「……」

「この先、しばらくはつらい場面でお会いすることになるでしょう」

「謝っても謝りきれません。取り返しがつかないことですから」

「生徒たちが、さびしがるでしょう」

「クラスと部活の生徒を残していく事だけが少しばかり心残りです、校長先生、どうかあの子たちをよろしくお願いします」

「……わかりました」

「今まで本当にお世話になりました」

「今後のことはあらためて連絡します。気を落とさずに、お元気で」

宗田圭子は学校を裏門から出るとそのまま駅へと足を進める。人間は必ずミスを犯す、しかし、世の中には取り返しのつくミスと、取り返しのつかないミスがあることを圭子は思い知った。自分のうかつさをあらためて心から呪った。

「次は飛び込み前転行くよー」

「ほーい」

「じゃあ、前回は跳び箱一段だったから今日は二段の高さを跳び越えるよ」

「先生、オレ無理だよ、体操苦手」

「何言ってんの、男でしょ、がんばれ」

「ほーい」

「その返事が間が抜けるの、君、どうして体育係になったの？」

「オレ、女子と話すのちょー苦手で。体育係だけは男同士のペアじゃない、気を遣わなくて済むからね」

「なるほど……理由としては本音でよろしい、はい、跳び箱用意して」

「ほーい」


二月の寒い午前中だった。体育館では中一の男子が器械体操の練習をしていた。

圭子は体育館いっぱいに響き渡る声でまだあどけなさの残る男の子たちを叱咤激励していた。

「ほら、思い切って！」

「そうそう、いいよ！」

練習を続けている中、体育係の俊一が圭子のもとに駆け寄ってきた。

「先生、隼人が足捻ったってさ、結構痛がってるから来てくれる？」

マットの処に座り込んだ隼人の姿が見えた、見る限りでは大した怪我ではなさそうだ。

「ありがと、悪いけど肩貸してあげて保健室に連れて行ってくれる？」

「えっ、無理だよ、あいつオレの二倍体重あるもん」

「二倍はオーバーでしょう、……まあ、そうね」

　圭子は小柄な俊一とぽっちゃりとした隼人を見比べながら納得した。

「ストーップ！　みんな聞いて！　先生、三島君を保健室に連れて行くから、その間、自分たちで練習しておくこと！　一人三回跳んだら休憩しててよし！　わかったー？」

　この言葉が後になってどれだけ圭子に重くのしかかっていくことか、その時圭子にはわからなかった。

「大丈夫？」

「篠田先生、どうですか？」

　養護教諭の篠田薫が隼人の足首を慎重に持ちながら声をかける。

「ちょっと曲げるわよ、どう？」

「少し痛い」

「大丈夫みたいね、軽い捻挫でしょう。骨折してたら今ので悲鳴を上げるはずだから、湿布してあげるからこのまま少し休んでいきなさい」

「ありがとうございました」

圭子が篠田に礼を言った時、廊下を走る何人かの激しい靴音が響いた。

「先生！　大変だ！」

体育係の俊一と豪が息を切らして保健室に駆け込んできた。

「どうしたの？」

二人のただならぬ気配に圭子の顔にも緊張が走る。

「山下が飛び込み前転に失敗して頭から落ちた！」

「そのあと全く動かないんだよ！　早く来て！」

圭子は青ざめ、その言葉が終わるか終わらないかのうちに体育館に向かって駆け出した。

体育館では山下の周りを全生徒が囲んで心配そうに見守っていた。

「山下君！　山下君！」

圭子が声をかけたが反応がない、顔が青く意識がなかった。

「このまま、動かさずに、篠田先生！　救急車を、救急車をお願いします！」

篠田が知らせたのか体育館には次々と教師が駆けつける、十分後、救急車がサイレンを消さずに学校に入ってきた。状況を見つめていた副校長の田口が口走った。

「しまった、サイレンを消してくれというのを言い忘れた」

体育館のみならず学校全体が騒然となる中、救急車は再びサイレンを鳴らし学校の外へと消えていった。

「先生！　どうして生徒をほっぽらかして練習をさせたんですか！」

「申し訳ありません、お母さん……」

「謝れば息子が還ってくるんですか！　先生がいたらこんな事にならなかったのよ、お願いあの子を返して！」

母親は泣き叫び、そして泣き崩れた。

「その間、自分たちで練習しておくこと！」

圭子は自分の発した言葉を思い返して心の底から激しく後悔した。

教師がいない間に起きた授業内での死亡事故、たとえそれがけがをした生徒を運んでいた間に起きた出来事だとしても、教師不在で危険の伴う体操の練習をさせたことはどんなに擁護しても過失である。圭子に弁解の余地はなかった。責任うんぬんよりも自分のせいで生徒が命を落としたのだ、取り返しのつかないミス、圭子は自分で自分を責め続けるしかなかった。

「つらいですね……」

琴は圭子の顔を見つめて小さな声でつぶやいた。

（そうだったんだ……）

琴が初めて圭子の顔を見た時に感じた何とも言えない憂いの理由が今初めてわかった。

「そうなの、学校も辞めたし、これから先裁判で罰も受けるわ、でもそれじゃ済まないのよね。一生背負っていかなくちゃいけないし、ご両親には土下座をしたって許してもらえない」

「……」

「これが今のあたし、聞いてくれてありがと、ほんの少しだけど気持ちが軽くなったわ。関係者だけは事情を知ってるけど、自分と関係のない誰かに話したのはあなたが初めて」

「私、何も慰めてあげられませんけど……私でよければもっと何でも話してください」

「うん、ほんとにありがと」

圭子の目にわずかに涙がにじんだ。

琴は心の中に一つの疑問が浮かんだ。圭子に聞いてみたかった。だが、その疑問について果たして尋ねていいことなのか躊躇した。琴はしばらくの間自問自答をしたのち思い切ってその疑問を圭子に問うてみた。

「圭子さん、絶望……してるんですか？」

琴の質問は圭子にとっても意外だったようだ、圭子もまたしばらくの間どう答えていいのか迷ったが、その迷いを振り切ったかのように顔を上げた。

「絶望……そうね、絶望って言葉が正しいかどうかわからないけど、とにかくつらいわ。死んじゃえば楽になるのかなって思ったこともある、でもそれもできないのよ。死んだらまた誰かに迷惑をかけるわけでしょ、生きなくちゃいけないから……つらい」

琴は圭子の話を聞きながらこの人のために何かがしたいと感じた、それはこの二週間自分の事だけを考えていた琴にとって久しぶりに芽生えた新鮮な感情だった。

「どう、琴ちゃんの気持ちは楽になった?」

「はい、本当に失礼かも知れないけど、圭子さん私以上につらいのかなって……」

　圭子はクスッと笑った。

「正直でいいわ。ねっ、勉強ができるために一番いい方法って知ってる?」

「えっ、すぐにはわかりません」

「それはね、人に教える事。人に教えるためには自分がわかってなくちゃいけないでしょ、だから必死になるの。それは実は一番自分の勉強になるわけ」

「わかります」

「悩みも同じ。自分が苦しくて仕方がないって人には他人の悩みを聞かせるのが一つの方法なんだって、カウンセリングで習ったわ。悩んでいる人って実は自分のことだけを考えている人が多いの、自分が世界一つらい思いをしていると思い込んでしまうの。知らず知らずにわがままになってるのよね、自分の悲しみは誰にもわからないってね」

　琴は自分の身を振り返ってみた。手が動かなくなってから自分には周りの人が見えなくなっていた、自分だけが苦しくてつらいのだと思っていた。

「ここで二人きりで会ったから、私はあなたと話したかったの。でもあなたは話すことを拒んでいたから……だから、今日は夢でうなされてよかったかも」

「すごく苦しそうだったから」

「琴ちゃん、よかったらあなたのことも聞かせてくれない」

圭子は頬杖をつきながら優し気な眼差しで問いかけた。

「はい」

琴はわずかに微笑んで答えた。それは二週間ぶりに取り戻した笑顔だった。

7　春の幽霊

「そうなの……左手が動かないんだ」

「……」

「全然気づかなかったよ」

「気づかれないように隠してたから」

「ちょっと、触ってもいい？」

圭子の問いかけに琴はすぐにうなずいた。

「はい」

圭子はおもむろに琴の左手の掌を触ってみた。

「少し、冷たいかも」

「触られている感覚がないんです、ひじから先の感覚が全く」

「神経に何か異常があるのかな」

「わかりません……」

琴の表情がまた少しだけ影を見せる。

「それで、琴ちゃんは今日はなぜここに？」

「……はい……実は……」

琴は圭子に今の自分のすべてを話した。手が動かなくなってから初めて自分の気持ちを他人に吐露した。同じように心に傷を持つ今の圭子にならどんなことでも話せる気がしたからだ。今まで誰にも言えなかった自分の本当の気持ち、持て余し続けていた悲しみと絶望、カチカチに硬く固まっていた心が圭子に話すことで少しずつ溶けていくのを琴は感じていた。

「私、ピアノがとにかく好きで好きで、だから、ピアノが弾けなくなることは自分にとって死んだも同然……」

「それはつらいね」

「はい……」

「もしかして、死ぬつもりで来たの？　女の子の一人旅はちょっと珍しいかも」

「いえ、そこまでは……家にずっといたけど重苦しいだけで……お母さんにもひどい言葉を毎日言ってた……」

「お母さんもきっとつらかったね」

「……わかってる」

「気持ちの整理がしたかったんだ」

「そうかもしれません、でも、結局一人でずっと考えこんでました、悪い方へ悪い方へ、家にいるか外にいるかの違いだけで」

「一人でいたら危なかったかもね」

圭子の言葉に琴はドキッとした。

その通りだ、ほとんど人のいないこのユースの部屋でもし一人きりでいたら……自分で自分を追いつめてとんでもないことをしでかしていたかもしれない。ほんの数時間前までの琴は人との接触をすべて拒んでいた、誰とも話したくなかった、自分の気持ちは誰にもわからないと決め込んでいた。もし、圭子がいなければ……そう思うと今こうして自分の気持ちを話すことができた自分を思い、琴は心の奥底で秘かに安堵した。

「よく声をかけてくれたわね」

「圭子さんがうなされてなかったら声をかけなかったと思います」

「あたしの悪夢が人の役に立ったわけだ」

圭子はそういうと琴の肩に手をかけて笑った。

　圭子自身も自分の境遇を話したことでやはり心が少し軽くなっていた。そして普段ならば話したくもない嫌な思い出を話すことができたのは琴の表情と雰囲気に自分と同じ悲しみのにおいを感じたからに他ならなかった。


「治る見込みは？」

「今のところ……原因がわからないから治療のしようがないって……」

「左手以外は大丈夫なの？」

「はい、足も、体も、それから右手も……」

「ふーん、素人考えだけど、右脳に何かが起きてるのかもしれないね」

「ずいぶん調べたけどお医者さんは脳にも異常がないって」

「まだ、見つからないだけじゃない？　原因さえわかればきっと治してくれるよ、日本の医学は優秀なんだから」

「ありがとうございます」

　琴も圭子に向かいそう言うと笑顔を見せた。

　圭子の言葉に琴は少しばかりの希望を手に入れることができた。

（治る……かもしれない）

　二人の間には何とも言えぬ気持ちの交流が生まれていた。親近感だろうか、連帯感だろうか、心に傷を持った者同士が相手の傷を見つめそして癒そうとすることで、自分の傷の痛みを一瞬忘れることができたのかもしれない。

二人が話を始めて一時間も過ぎた頃だろうか、時計の針は零時を過ぎスマートフォンの液晶画面はすでに次の日付を表示している。何気なく二人が一緒に時間を確認したその時だった。

ドン！

何か壁を叩くような物音に琴と圭子は思わず目を合わせた。


「今の……何の音？」

「けっこう大きな音でしたね」

「宿の人かな」

「隣の部屋？」

「でも、今日の泊り客って女は私たち二人だけじゃなかったっけ」

「……」

「よし、もう一度確認……」

二人は耳を澄ませる。

「ほんとですか？」

「ねぇ……いゃだ、やっぱり何か聞こえるよ」

さらに耳をそばだてる二人、今度は音ではなく何か別な気配だ。

「もしかして……幽霊？」

「えっ」

「ほら、聞こえるよ、声かな」

琴は緊張してそれでも廊下の外から聞こえてくる物音に全神経を集中させた。

「誰かの泣き声じゃありませんか？」

「うん、そんな感じ」

耳を澄ますと部屋の外、廊下のはるか先からだろうか、誰かのすすり泣く声のようなものが断続的に聞こえてくる。それは男の声のようでもあり、女の声のようでもあり、大人の声のようでもあり、小さな子供の声のようでもあった。か細く、悲しげな声が冷たい空気を伝わりかすかにかすかに部屋まで流れ込んでる。二人はさらに緊張し琴は圭子の腕にしがみつくようにして体を摺り寄せた。

「やっぱり、誰かが泣いている声です」

「幽霊にしちゃ季節はずれよね」

圭子が自分を奮い立たせるかのように強気な言葉を口にした。

「よし、見てくる。琴ちゃんどうする、ここにいる、それとも一緒に行く?」

圭子は琴の目を見て選択を促す。

「一緒に……行きます」

「よし、あたしにつかまって」

二人はともにパジャマの上にカーディガンを羽織り、ゆっくりと一歩目を踏み出す。半分開いていた部屋の扉に圭子が手をかけそっと開くとまずは部屋の中から廊下の左右を恐る恐る覗いてみる。琴は圭子の後ろからその腕に右手を絡めながら同じように廊下に顔を出してみた。

人影は見当たらない。


「廊下にはだれもいないみたいよ」

二人は再び耳をそばだてる、やはり聞こえる、かすかなすすり泣く声が廊下に響く。

「あっちだわ」

「えっ」

「左側、廊下の先の方」


二人は部屋を出て声のする方へ向かいゆっくりとゆっくりと歩いていった。一つ隣の部屋を通り過ぎる、この部屋は誰も泊り客はいないはずだ。この先はミーティングルーム、そして図書室、その先はフロントだ。二人はさらに慎重に足取りを進める。そして、ミーティングルームの前に差し掛かった時圭子が不意に足を止めた。そして腕にしがみついている琴の右手をそっと握りその眼を見つめて小さな声を出した。

「ね、聞こえる、ここだわ」

「ええ、確かに聞こえます」

すすり泣く声は確かに曇りガラスのガラス障子を隔てたミーティングルームの中から漏れ出ていた。非常口の案内の灯りだろうか、ガラスの奥は真っ暗ではなくぼんやりとした光が廊下からでも確認できる、二人に緊張が走る。

「ううっ……ううっ……」


「間違いないよ、この中だわ」

圭子は振り向き様に琴の目を見て確認した、同時に琴の動かない左の掌を両手で固く握ってみせた。

「どうするんですか？」

「確かめるしかないでしょ」

「こわい……」

「いい？　開けるよ」

圭子は障子の窪みに手をかけると大きく一つ深呼吸をする、そして勢いよくガラス障子を横に滑らせた！

8　真相

「誰かいるの？」

　圭子は非常口の薄暗い明かりだけに照らされたミーティングルームの中に向かって叫んだ。琴もその背中越しに恐る恐る部屋の中を見回した。

「うう……うう……」

　すすり泣くような声がはっきりと聞こえる、テーブル三つほど先の壁際に人影らしきものが見えた。圭子と琴は思わず顔を見合わせ一瞬体を強ばらせた。

「誰なの？」

　壁際の椅子に誰かが座っているのがわかった。確かに泣いている、背中を丸めてうなだれているようにも見える。二人は再び体中を緊張させた。

「人が……いるわ」

「ええ」

「どうやら幽霊じゃなさそうね」

その時、その人影がゆっくりと立ち上がった。そして圭子と琴の方に向かってゆっくりと近づいてきた。薄暗い光の中で微かに顔の輪郭が確認できた。

「あっ、あなた！」

琴が思わず小さく声を上げた。

「えっ知ってる人？」

「ここに泊まってる人です、食堂で私と同じ時間に食事をしてました」

ゆっくりと顔がわかるほどの距離まで近づく、琴は食堂で見た男の暗い表情を思い出した。やはり間違いなくあの時の男だった。二人は恐る恐る男の顔をのぞき込むように見た、そこまできてようやく先ほどからのすすり泣く声が男のものだとわかる、男が真っ赤に目を腫らしているのが薄明かりの中で確かに確認できた。

「お願いです……来てください」

二人に向けて男はすがるような目でそうつぶやいた。

琴と圭子は同時に息をのんだ。

「私の死んだ妻がいるんです……」

「えっ？」

「どういうことですか？」

「お願いです……来てください」

「……わかったわ」

圭子は琴の手を固く握りながらそう返事をした。

男は静かにうなずく、そして振り返りゆっくりとミーティングルームの奥へと歩いていく。琴と圭子がそのあとに続く。男は窓際の壁の前で立ち止まった、そして壁に貼ってある一枚のポスターをおもむろに指さした。

「僕の妻です」

「……」

男の言葉の意味をわかりかねた二人は一瞬顔を見合わせたが、圭子は琴に向かって小さくうなずくと男に静かに語りかけた。

「何かありそうですね、ね、よかったら涙を拭いて話してくれませんか？　私たちでよければ聞きますから」

圭子はポケットからハンカチを取り出すと静かに男に差し出した。

男は少しためらった後、ハンカチをそっと受け取った。

「ありがとうございます」

琴と圭子はミーティングルームの椅子を男の分と合わせて三脚を運び、男に座るように促すと自分たちも腰を掛ける。ちょうど壁のポスターを三人が囲む形になった。圭子は部屋の電気を点けようと思ったが、思い直してそのまま座った。涙で腫れた顔を見られる男の気持ちを気遣ったのだ。それでも三人が静かに話をするには入口の上にある非常灯の灯りで充分だった。腰を掛けると男はあらためて先ほどと同じ台詞を口にした。

「これ、僕の妻なんです」

「おきれいな方ですね」

「先週、事故で死んじゃいました」

「えっ？」

「雪道で車がスリップして……」

斎場の冷たい空気の中を読経の声が淡々と流れていた。涼はうなだれたまま、弔問客にわずかばかりの礼を繰り返していた。霊前には三人の写真がにこやかに笑顔を振りまいている、それはあまりにも残酷な光景であった。

「かわいそうすぎるよ、なあ」

「ああ、世の中、神も仏もあったもんじゃねえ」

「どんな事故だったんだ」

「『銀河』から山道を下りてきた坂道の国道に出るところだよ、道が凍りやすくって前からよく事故があったじゃねえか」

「ああ、あったあった」

「あそこで、スリップしたんだと、そこに大型のダンプときた」

「三人とも即死だって？」

「ああ、涼ちゃん見てらんねえよ、声をかけようにも可哀そうで、可哀そうで……」

「愛ちゃんばかりか、雪ちゃんと空ちゃんもいっぺんに亡くしたんだ、オレだったら気が違っちゃうぜ……」

「おめえの言う通りだ」


「そうだったんですか」

「私、ごめんなさい、そんなこと知らなかったから。食堂でも暗い人だなって思ってて、さっきまで幽霊じゃないかって……」

「何にもする気か起きなくて……仕事も手につかず、とにかくどうにか忘れたくて旅に出ました」

「おつらいですね」

「私……もう少し詳しく聞いてもいいですか」

琴は男の眼を見てゆっくりと語りかけた。

「この写真、間違いなく僕の妻です」

男の指さす先には一枚のポスターがあった。それは、ユースホステルの利用を呼びかけるＰＲ用のポスターであった、そこには多くの若者たちの、多くの旅人たちの、たくさんの笑顔の写真があった。

《ユースを利用して楽しい旅を、楽しい思い出を！》

といった趣旨のポスターである。聞くところによれば、彼も旅好きで奥さんとは旅先で知り合った、奥さんも旅好きでホステラーとして全国を回っていたそうだ。

そして、今日泊まったユースで彼はあるものに気づき目が釘付けになった。彼はその写真の中に在りし日の奥さんの姿を偶然発見したのである。そこにはまさに青春を謳歌している一人の優しそうな女性がこちらに向かってあふれんばかりの笑顔を投げかけていた。

「私も知らない写真です、結婚する前にあちこちを旅してたと言っていたからその時のものでしょう」

琴は思った。彼はその写真を見た瞬間に奥さんと過ごした楽しい日々、残酷なまでの別れの悲しみ、ありとあらゆる思い出が一気に噴き出して誰かに話さずにはいられなくなったのであろうと。

「私に会いに来てくれたような気がして……」

琴は心に決めた（今夜はこの人につきあおう）と。

「よかったら気持ちが済むまで話してくれませんか、つきあいますから……ね、圭子さん、いいでしょ」

「もちろんよ」

「ありがとう……ございます」

「不思議なものよね、偶然だけど心に傷を持った三人が一度に集まるなんてね、ねぇ名前を教えてくれる？」

「出水涼といいます」

「まずはあなたの話をじっくり聞かせて、実は私たちもついさっきまであなたと同じくらい暗ーい気持ちでいたのよ。でも、琴ちゃんとここで出会ってさっきまでお互いのつらい気持ちを話したの、そうしたら少し元気が出てきてね、出水さんと会ったのも何かの運命かも知れない。だから話してみて、そしたらそのあと今度はあたしたちの話を聞いてくれる？」

「……はい」

涼は小さくうなずくと、愛や雪、空の顔を思い浮かべた。

（お父さん、元気出してね、死んだりしちゃだめだよ）

三人がこの出会いを作ってくれたのかもしれない、涼はそんなことを思ったりもした。

外はまだ冷たい春の夜である、琴、圭子、涼、三人はそれぞれが凍えるような悲しみを携えて重い足取りでこの場所にたどり着き、そして出会った。それはあたかも傷ついた動物が本能だけを頼りに体を癒せる場所を目指すかのように、そして傷ついた心同士がお互いを引付け合うかのように、一つの運命として演出されたそんな出会いであった。

三人は一晩中、今まで他人に対して頑なに閉ざしていた心をそれぞれが思い思いに吐きだし、そしてそれぞれがその思いを受け止めた。

琴は初めて気づいた。

（手が動かなくなってから世界で一番不幸なのは自分だと思い込んでいた。でも違うんだ、世の中にはたくさんの人がみんな違った悩みや悲しみを心に抱えているんだ）

「どうもありがとう」

「少しは楽になりましたか？」

「……昨日まで、本当のことを言うと死んでもいいやと思っていました。でも、こうして話すことで僕ら三人はお互いを助けたのかもしれないのかなって……」

涼の言葉を受け止めた琴がしっかりとした口調で言葉を返した。

「私もそう思います！　私はお二人に会って助けてもらえた、でも、私もみなさんを助けることが出来たのかもしれないって」

「人の役に立つって生きがいになるんだな、あたしももう一度やり直してみるかな」

窓の外が白んでくる頃、冷え切った部屋の中で、三人は凍える手をお互いに握り合う。

お互いの手から伝わる微かなぬくもりは、偶然の出会いがもたらした一つの小さな奇跡でもあった。

9　はじまり

「ねえ、あたしたちここで会ったのは偶然？」

椅子から足を延ばし、手のひらを組み、伸びをしながら圭子が問いかけた。

「私、そうは思いたくない」

「……僕もです」

「出水さん、もっと気軽に話して。あたしのほうが若干お姉さんかも知れないけど、敬語じゃなくていいわ」

「はい」

「だ・か・ら、リラックス、リラックス！」

「あ、うん」

「それでよし」


琴は二人のやりとりに思わずくすっと笑みをこぼした。

「あたし、思ったわ。今夜二人に出会えたのは偶然じゃないって、あたしもここに来るまではもう人生どうなってもいいぐらいに思ってたの、罪を背負いながらひっそり暮らしていくか、恥ずかしいけど死んじゃってもかまわないとさえ思ってた。でも、あなたたちに出会って、夜通し話して考え直した、後ろ向きになっちゃいけないんだって」

「私も同じです。世の中の不幸を全部背負っていたつもりになって、圭子さんや出水さんの辛さや悲しみはもしかしたら私以上かもしれないって気づきました」

「あたしはともかく、出水さん、本当につらいわよね。わかるなんて言ってはおこがましいけど」

「……」

少しの沈黙の後、琴は意を決したように顔を上げて涼に向かって言葉を放った。

「出水さん、私頑張ります！　手が動かなくなって生きていたってしょうがないって感じてました、でも出水さんは私よりも……もっと、もっと……」

琴の眼から涙がとめどもなくあふれ出した。そして頬を伝わる涙を拭うこともなく、琴はあふれ出る気持ちに正直に言葉をぶつけた。

「ごめんなさい、私、弱虫でした。私、生まれ変わります。だから出水さんも……つらいでしょうけど、死なないで！　雪ちゃんや空ちゃんの分まで生きてください、お願いします！」

琴は心からそう願った。そして、涼に心からそう伝えたかった。

「ありがとう……琴ちゃん。大丈夫だよ、さっき話したけど琴ちゃんと圭子さんと話して僕は救われた。君と出会えなければ一週間後には僕はこの世に居なかったかもしれない、本当にありがとう」

涼は琴の右手を握る、そしてあらためて琴の冷たい左手を両手で持ち上げたあと固く握りしめた。

琴の涙は止まらない、つい昨日までも枯れるぐらいの涙を流した、でも今の涙はとてもあたたかい涙だ。


「いいシーンね、あたしも仲間に入っていい？」

「圭子さん……もちろんです」

「うん、一緒に」

圭子は握り合った二人の手をさらに上から包み込んだ。

「圭子さん」

「何、琴ちゃん」

「教えてください」

「何を？」

「絶望から脱出する方法」

圭子はしばらくの間宙を見上げるように考え、そして考えがまとまったかのように琴の目を見て言った。

「いいわ」

「あるんですか？」

「あるわよ、あたし自身が苦しくってずっと忘れてたけど」

「どうすれば……いいんですか」

「それはね……希望を探すこと」

「希望……」

「そう、人間はどんなに辛くてもその先に希望が見えれば生きていける、当たり前の答えでごめんね、でもそれ以外に方法はないの」

「うん、僕も本で読んだことがある、戦争で捕まえた捕虜に穴を掘らせるって話」

「何ですか、それ？」

「捕虜を捕まえてきて穴を掘るように命じる、穴を掘り終わったら今度はそれを埋めるように命じる、これを繰り返していると捕虜は気が触れてしまうか自殺してしまう、人間は希望の見えない作業には耐えられないんだ」

「出水さん、素晴らしいたとえね、逆に言えば人間は希望さえあればどんなに苦しくても生きていけるってこと」

「私の希望……」

「琴ちゃんはピアノのほかに生きがいを見つける事」

「生きがい……」

「あたしはさしずめ、新しい仕事を見つけて、自分の罪に正面から向き合って生きていくことかな」

「僕は……愛や雪や空の分まで、精一杯生きる事……」

「出水さん……」

「圭子さん、教えてください。私、ピアノのことがまだ忘れられなくて……」

「琴ちゃん、出水さん、三人で何か作り上げてみない？」

「作り上げる？」

「ええ、あたしの生きてきた経験上、人から与えられたものはなかなか生きがいにはならない。でも、自分たちで何かを作り上げることは大変だけど大きなやりがいや生きがいになる。そして、みんなで力を合わせて完成させる、それは希望にもつながる」

「で、何を作る？」

「あたし学校にいた時、演劇部の顧問だったの。本当だったら今頃は今年の三年生たちと秋の文化祭と演劇コンクールに向けてちょうど新チームでスタートしたところ。でも学校クビになっちゃったから……それを奪われたのもあたしの自暴自棄の原因の一つだったのかな」

「演劇かあ……」

「出水さんやったことあるの」

「うん、大学の頃、素人劇団だけど人形劇のサークルに入って地方の子供たちに見せて回ってて、愛と初めて知り合ったのも旅先の公演なんだ」

「素敵ね」

「琴ちゃんは」

「私は、全然……ピアノ以外は人前に出るのは苦手」

「じゃあ、ちょうどいいわ。琴ちゃん、生まれ変わるチャンスかも。どう、一緒にやってみない？」

琴はしばらく考えたあと圭子に向かって、

「やります、やらせて下さい」

「僕もやるよ」

「ＯＫ、ちょっと待ってて」


圭子はうなずくとミーティングルームを出ていった、一分ほどのち戻ってきた圭子の手には一冊の冊子が握られていた。


「これ」

「何ですか？」

「台本よ」

「演劇のですか？」

「ええ、今年のチームでやろうとしていたシナリオ、無駄になるとあきらめていたんだけどもしかしたら役に立つかもしれないわね」

「ええと、題名は」

《Ｇｏｏｄ　Ｂｙｅ　Ｍｙ・・・》

「グッドバイマイ・・・」

「どんなお話なんですか？」

「聞きたいな」

「じゃあ、話すね」

「はい」

「人間が生を授かり赤ちゃんとして生まれてくる前のいわば天上界でのお話。これから人間界に生まれてくる子供たちは何かの拍子で自分たちが生まれた後の未来を知ってしまうの」

「未来を？」

「ちょっぴり怖いわ」

「そう、自分の未来は誰だって興味があるわ、でも怖くて見る勇気がない。だって、とてつもない不幸が見えたとしたら」

「……」

「そこで見た子供たちの未来はけっして幸せじゃないの。ある子は親に見捨てられ非行の限りを尽くし、バイクに乗って事故で死ぬ。ある子は両手がないままに生まれてきてひどいいじめに遭うわ」

圭子はあえて琴の左手をじっと見つめた。

「そこで、子供たちは決断を迫られる、彼らは自分で選ぶことができるの。不幸を承知で生まれる事を選ぶか、生まれることを拒否して暗闇に消えていくか……」

「琴ちゃん、あなたならどちらを選ぶ？」

琴は一瞬沈黙する。

「私……わかりません」

「出水さんは？」

「僕も、わからない」

「そうよね、すぐに決められるほど軽い話じゃないわね」

「私、何日も悩みそう」

「重いテーマの劇だけどとってもいい脚本よ」

「圭子さん、やります！」

「僕もだ！」

「よし、決定」

「でもさすがに三人じゃできないよね？」

「さすが、経験者」

「演じるのに何人ぐらい必要なんですか？」

琴が前のめりになって質問した。

「役者、裏方合わせて最低二十人は必要かな」

「私、学校で探します」

「僕は、『吉田ファーム』にかけあってポスターを貼って募集をかけてみるよ」

「あたしはシナリオと制作に必要なものをすべて用意しておくわ、じゃあ、二週間先の日曜日でどう？」

「はい、絶対に人を集めてみせます」

「稽古場も確保してみるよ」

「ＯＫ、じゃあアドレス交換しようか」

一人ひとりが絶望から這い上がり小さな希望を見出した。三人は互いの連絡先を交換する。冷たい風の中、それぞれが新しい始まりを手にした春の夜だった。

10　新たな仲間

「ねえ、お母さん、ここ押さえて、色塗るから」

「はいはい」

「片手じゃできないんだからね、しっかりお願いね」

「大丈夫、これでいいでしょ」

「うん」

「どこに貼るの？　このポスター」

「学校の掲示板、明日、先生にお願いしてみる」

「そう、人が集まるといいわね」

「絶対集めて見せるから」

「わかった、応援してるわ」

「ありがと。できた、これ乾かしといて、あたしもう二色ポスカ買ってくる」

駆けるように家を飛び出した琴を目で追いながら優子は食卓に座る敏弘に話しかけた。

「でもよかった、元気になって。旅行から帰ってきたら急に明るくなって」

「ああ、ほんとうだ」

「詳しいことは何も話してくれないのよ。でもそんなことどうでもいいわ、家を出る前の姿を思えば、私、ただうれしくて」

「そうだな、とにかくピアノ以外にやりたいことが見つけられたなら何よりだ、僕らは応援しようじゃないか」

「ええ」


「おはよう！　琴」

「あ、おはよう、美咲」

「琴、よかったね、元気になって、あたしメッチャクチャ心配してたんだからね」

「ありがと」

「世界中で一番暗い少女だったぞ、学校休みになってから死んじゃったらどうしようって……」

「ごめんね」

「無理ないよ、まだ手、治ってないんでしょ？」

「うん、ほら」

琴は右手で左腕をつかんで美咲の目の前に突き出した。

「うほっ、ちょっと、過激だよ」

「ねっ、昨日相談したこと返事ちょうだい」

「うん、劇の事ね。ＯＫ、ＯＫ、ほかならぬ琴ちゃんの頼みなら私、たとえ火の中水の中、何だって協力しちゃう！」

「ありがと、よし、とりあえず一人ゲット」

「ちょっと、とりあえずは失礼でしょ」

「ごめんごめん、ところでほかにアテはある？」

「やっぱり圭奈でしょ、あたしたちは三人一緒で一人みたいなもんだからね」

「そうね、圭奈なら男の子の役もできそう」

琴の言葉に美咲は指でＯＫサインを出して見せた。

「でも部活あるんでしょ、バスケ？」

「あっ、辞めたって」

「ええっ、また？」

「卒業生のコーチとケンカしたらしいよ、この間会った時言ってた。捨てゼリフ残して辞めてやったって」

「高校入学してたしか、陸上、テニス、これで三度目じゃない」

「圭奈は圭奈だからね、実は……もう誘ったんだ」

「ほんと？で、どうなの」

「二つ返事よ、ちょうどバスケ辞めたから渡りに船だって。圭奈だってほんとに心配してたんだぞ、琴の事、琴が元気になるなら何でもやるって」

「うれしい」

「ほら、噂をすれば……」

校門の前、逆方向からショートカットで長身の圭奈が二人を見つけて手を挙げた。

「おお、おはよう、あたしの噂してたろ？」

「わかった？」

圭奈はちょっと口をとがらせて琴と美咲にウインクして見せた。

「親友だからね、いいことも悪いこともすべてお見通しさ」

琴と美咲は顔を見合わせて思わずくすっと笑う。

「部活、辞めたんだって？」

「おお、先輩だからって威張りくさって、こっちから願い下げだぜ」

「ほんとに短気なんだから」

「それより、琴、聞いたよ劇の事、ピアノ弾けなくなってから元気なかったから心配してたんだ。あたしでよければ何でも言ってくれよな」

「ありがと、実は……もう少しメンバーを揃えたいの」

「あっ、それなら二人見つけといたから」

「うそっ、もう？　昨日話したばっかりじゃない」

美咲が思わず素っ頓狂な声を上げる。

「男子でもいいだろ」

「うん、だれ？」

「あいつ」

圭奈は振り向くと、三人の後ろの方から登校してくる男子を指さす。

「あれ、たしか、細川君だっけ」

「うん、ひょろすけだよ、ひょろすけ」

美咲が確信した様子で琴に言った。

「あいつ、あたしのことが好きで前に告白してきたんだ。デートしてやるから参加しろって言ったら即ＯＫ」

「さっすが」

「こっちこっち」

圭奈は手招きをして細川を呼び寄せた。

「こ、こんにちは、細川兵助です」

「こんにちは、村上琴です」

「あたしは滝美咲」

「ところでもう一人連れてきた？」

「はい、もちろんです、原田さんの頼みとあれば……見つけました」

「だれなの」

「永谷守君です」

「えっ、生徒会長の！　嘘だろ、細川とどんな関係なの？」

「実は幼なじみで、彼も演劇がやりたかったんですけどうちの学校演劇部がないから」

「キャー、永谷君イケメンじゃない！　あたしメチャクチャやる気出てきた」

美咲が小躍りしながら一回転くるっと回ってみせた。

「よし、でかした」

圭奈が兵助の手を握ると兵助は顔を真っ赤にして満面に笑顔をたたえた。

「はい、ありがとうございます！　で、デートの方は……」

「そのうち考えとくから」

「あ、はい……」

琴がショルダーバッグから器用に右手でプリントを取り出す。

「これ、次の日曜日の集合場所と時間、永谷君にも渡しといてくれる？」

「わかりました」

兵助はプリントを手に取ると琴ではなく圭奈の顔を見て足早に校門に向かって走って行った。


「秀さん、その後の反応はどうですか？」

まだ冷え込みも厳しい四月の朝、涼は「銀河」から車を走らせ「吉田ファーム」へ降り立った。信濃山荘から帰ると涼はすぐさま劇団員募集の手配に走った。「吉田ファーム」にはポスターを貼ってもらい、吉田夫妻には連絡の窓口になってもらった。夫妻が二つ返事で引き受けてくれたことが涼にまた新たな生きる活力を与えた。

「おお、涼ちゃんか、けっこう問い合わせが入ってるぞ。ポスター一つなのに宣伝効果って案外あるんだな」

「『吉田ファーム』の人気のおかげですよ」

《来たれ！　未来のハリウッドスター　新規劇団員募集》

「しっかし、ベタなキャッチコピーだな、ハリウッドスターときたか」

「まあ、いいじゃないですか、まずは目立たないとね」

涼はレストランの壁のポスターを見ながら微笑んだ。

「少しは立ち直ったようだな」

「ええ、とてもいいシナリオなんです、読んで泣いちゃいました。これを創り上げることが愛と雪と空にしてやれることかなって思って、お父さん頑張ってるよって」

「ほんとに、がんばんなよ、涼ちゃん　くっくっ……」

「あっ、おばさん、そんなに泣かないで」

涙もろい夫婦は二人で目を赤くしている。

「あたしゃ応援してるから、何でも困ったことがあれば言っておくれよ」

「はい、ありがとうございます」

「俺もだ、飯食ってきなよ、ヌンチャクソーセージ茹でたてだから」

「ああ、噂の新製品」

ヌンチャクを振り回す仕草の秀さんに涼は思わず笑い声をあげた。

「連絡のあった人を教えてもらえますか」

「いいよ、ほらこれだ」

秀さんは大学ノートを開いて涼に手渡す。そこには十名ほどの名前と住所、年齢それに連絡先が記されていた。

「八人はここでポスター見た人かな、みんな地元の人だよ。若い人が多いかな、でも中にはほら」

「あっ、小学三年生だって」

「女の子だよ、この間お母さんとお昼を食べに来てポスターを見つけたんだな。お母さんと相談してオレんとこに直接言いに来たんだ」

「この人たちは外国人？」

「山稜高校の留学生だってよ」

「えっ、この人ペンション村の近くにある床屋のおじいちゃんですよね？」

「ああ、昔演劇をやってたらしいよ」

「この人は？」

「駅前のスーパーの化粧品売り場でデモンストレーションしてるおばちゃん、メークなら任せろって」

「なかなかバラエティーに富んでるなあ」

「最後の二人は電話をくれたんで顔は見てないんだけど、市役所の掲示板に貼ってあったポスターを見て連絡してきた」

「そうですか」

「涼ちゃんの事知ってたぞ、涼ちゃんの名前がなければ電話しなかったって言ってたからな」

「あっ、この名前」

《手嶋和也　山口香澄》

「知り合いかい？」

「前に『銀河』に来てくれたお客さんです」

涼は二人の名前を見て楽しかったパーティーの夜を思いだした。瞬間、愛や雪や空の顔が脳裏に浮かぶ、そして思い出を振り払うかのように顔を上げ背筋を伸ばした。

11　オーディション

春まだ浅い山間の小さな町「清森」四月の第二日曜日、「吉田ファーム」のコテージで琴と圭子そして涼は二十日ぶりに再会を果たした。

ユースでの出会いはほんの半月余り前、運命的とは少し大げさかもしれない。しかし、この時三人が出会っていなければ今日の新たな舞台のスタートはなかった。琴は心を閉ざし続けていたかもしれない、圭子は自暴自棄になり、涼もまた何処へたどり着いていたのか……。

「圭子さん、おはようございます」

「おはよう琴ちゃん、元気だった？」

「はい」

「出水さんもありがとう、こんな素敵な場所借りてくれて。すごいわ、稽古場と舞台が両方あるようなもんじゃない」

「『吉田ファーム』のおじさんが全面的に応援してくれるって」

秀さんがドアを開けて入ってきた。

「こちらが秀さん、『吉田ファーム』のオーナーです」

「はじめまして、宗田です。今日はどうもありがとうございます」

「話は聞いたよ、涼ちゃんを助けてくれたんだってな、こっちこそ礼を言うよ」

「助けたなんて、あたしが助けられたんです」

「はじめまして、村上琴です」

「おお、君が琴ちゃんかい、なかなかのべっぴんさんだ」

「そんな、どうぞよろしくお願いします」

琴は少しはにかみ深々と頭を下げた。小屋の窓からはさわやかな光が差し込む、時間は午前九時まだ朝と言っていい、全面木目調のコテージを凛とした冷たい空気が包み込む。

「ところで、募集したメンバーは」

圭子が涼と琴に問いかける。

「隣のレストランで待ってる、総勢十三名」

「そう、じゃ、初顔合わせと行きましょ。琴ちゃん、あたしが仕切っていい？」

「お願いします、いいですよね、出水さん」

「もちろん、圭子さん、団長ってことで」

「了解、あたし出しゃばりだから許してね」


扉一つ隔てた隣のレストランからざわめきが聞こえる、圭子は扉を開け琴と涼が後に続く、扉が開いた瞬間ざわめきは沈黙に変わりたくさんの視線が三人に注がれた。

視線を一身に受け圭子はみんなの前に立ち背筋を伸ばす、周りにわかるかわからないかの小さな深呼吸をした後で椅子に座る全員に向けて第一声を放った。

「みなさん、おはようございます！」

腹の底から絞り出すような少しハスキーな声がレストランホールに響き渡る。

「はじめまして、宗田圭子です」

演劇部で年度が替わり新入生を迎えて新しいチームの発足の日に圭子は毎回部員に向けて自分の思いと決意を話した、しかし今年は語りかける部員はいない。

「あの日」以来、様々なものを失った。仕事、収入、同僚、その中でも一番辛かったのは生徒だ。教師が生徒を奪われる、それは生きがいを奪われることであった。圭子はこの二週間考え続けた、そして今二つの思いを胸に秘めて舞台へ上がる。

一つは目の前にいる人たちこそ自分の新しい生徒であり仲間なのだと。二つ目にこの劇団の立ち上げは自分のためにやるのではない、琴や涼、ほかにもいるであろう心に辛い傷を持つ人、生きるのに疲れうつむく人、そうした人たちのために自分のすべてを賭けよう。それが自分の犯した罪に精一杯向き合うことなのだと。

圭子は体中のすべての気を集めて語りかけた。

「みなさん、集まってくれてありがとう。私たち三人は二週間前、偶然に出会いました。詳しくは話しませんがそれぞれが悲しい思いを抱えていました。もし出会えていなければ死んでしまっていたかもしれない……。でも、私たちは三人とも生きることを選びました。そして、三人で何かを創り上げようと約束しました。それがこの劇団です。そして仲間を募る呼びかけに集まってくれたのがここにいるみなさんです」

全員の視線が圭子に注がれる。

「初めに皆さんに伝えておきたいことがあります。初め、この劇を創り上げるのは自分たちの希望を見つけるためだと考えました。でも、私はもっと大きな目標を持ちたい。自分たちの希望を見つけるためでなく、人に希望を与えるものを創ろうと。時には音楽が、時には一冊の本が、時には何気ない言葉のかけらが、人に勇気を与えることがあります。私はこの劇をそうした思いで創り上げるつもりです。だから、稽古はとても厳しいです、何となく楽しければいいというそんな気持ちではやらないつもりです」

琴は圭子のとなりで思わず震えた。

（圭子さん、そんな気持ちだったんだ……）

「今の話を聞いて、自信がない人、嫌だなと感じた人は申し訳ありませんが参加しないでください。呼びかけておいてこんな言い方はとても失礼かもしれません、でも始めてからこんなはずじゃなかったと思われるほうがよほど失礼だと思うんです」

圭子の話の真意を理解し、ホールの中を沈黙が支配する。戸惑いと逡巡、圭子の迫力のあるスピーチはその場にいる全ての人間の心に緊張を与えた。

どれくらいの時間がたったであろうか、一人の声が静かにその沈黙を破った。

「僕、参加させてください」

（永谷くん！）

琴にも聞き覚えがある声だった。

「友達から誘われたので一応何となく来てみたんだけど、今の話を聞いて参加することにしました、よろしくお願いします」

永谷の言葉が呼び水になったのか、次に圭奈が声を上げた。

「あたしも参加する。人のために何かをするんだろ、やりがいあるし」

「僕らも」

「俺もやるよ」

小さな共感は水面の波紋のようにホール全体に広がる、その場にいた十三人全員が参加を表明したのだ。

緊張していた圭子の表情がほぐれ安堵とうれしさの混じった笑みがこぼれた。

「ありがとう、一緒に頑張りましょう」

圭子はスピーチの最後に琴と涼に手を差し出した。二人は顔を見合わせた後圭子の手を固く握りしめた。

「それじゃあ、初顔合わせだから自己紹介といきましょう」

場所を隣の舞台に代えてそれぞれの自己紹介が始まった。

「永谷守、清森高校の三年生です。隣にいる細川君に誘われて来ました。演劇は中学校でやっていました、人前で話すのは得意なのでよろしくお願いします」

「細川兵助です、ぼ、ぼくはあがり症ですけど……よ、よろしくお願いします」

「原田圭奈、男じゃなくて女です、誤解なきよう」

「滝美咲でーす！　一生懸命頑張ります！」

「はじめまして、村上琴です。ピアニストが夢でしたが手が動かなくなって……圭子さんや出水さんに救われました、今度は私が誰かの役に立ちたいです」

（えっ……こんなこと言えた）

琴は自分の口からすらすらと出てくる言葉に驚く。でも、それは琴の本心だ。造った言葉は考えながらしか口からは出てこない、しかし心から思っていることは考えなくても自然に言葉になるんだと琴はあらためて知った。

「私の名前は百瀬あかねです、小学校三年生です。将来は女優さんになりたいと思っています。特技はピアノです」

（ピアノが弾けるんだ）琴は思わず声をかけた。

「あかねちゃん、ピアノが得意なんだ」

「うん、三歳の時から習ってるの」

「ボクハ、シン　トイイマス。ニシュウカンマエニ、スリランカカラキマシタ」

（うぁ、日本語上手）

「ボクハ　リック・ハート　トイイマス。ニューヨークカラキマシタ、イチネンカンニホンデベンキョウシマス」

「みんなすごーい、日本語ペラペラじゃない」

「美咲の英語は？」

「まかせてよ！　三学期の成績2だから」

「手嶋和也です、出水さんのペンションでお世話になりました」

「山口香澄です」

「二人は六月に結婚するんだ」涼が二人に微笑んだ。

「出水さんにお祝いをしていただいて、でも……奥さんとお子さんを亡くされたと聞いて……どうしてもお礼がしたくてポスターを見て電話したんです」

「岩下博です。銀行員です、年齢は二十三歳」

（真面目そうな人、いかにも銀行員って感じ）

「町田智子。メークなら私に任せてね」

（たしか、スーパーの化粧品売り場の人だっけ）

　次に立ち上がったのは……、

「あたし、ランでーす、駅前でお店やってるからひまだったら来てね！」

　派手な化粧にこれまた派手な銀のラメ入りのコートをまとった「女性」の自己紹介にみんなが目を丸くした。年齢不詳、声がダミ声なので、誰が聞いても「女性」でないことはすぐにわかった。

（えっ、ニュ、ニューハーフ？　テレビでは見るけど実物は初めて）

　最後に壇上に上がったのは床屋のおじいちゃんである、白髪と立派な髭、やせた容姿はまるで仙人のようだ。

（大丈夫なのかしら、舞台で倒れないか心配……）

　老人は少し足元をふらつかせながら壇上で頭を下げた。

「尾崎です……よろしくお頼み申します……」

　消え入りそうな声で老人が挨拶をした。

募集で集まったメンバー総勢十三名。それに琴と涼、監督兼劇団長の圭子を入れてここに十六名の仲間が集まった。一通りの自己紹介が済んだ。何やらメモをとりながら聞いていた圭子はすべてのメンバーの話を聞き終えると再び壇上に上がり手に持った一冊の冊子を掲げながらみんなにこう伝えた。

「みなさん、自己紹介ありがとう。個性豊かな人たちが集まってくれてとても嬉しいわ。じゃ、これから台本を渡すから全員がじっくり読むこと。そして、途中に四角で囲ってあるところがあるから、この部分の台詞を暗記して演じられるようにして下さい。今から約二時間後、十一時からオーディションをして配役を決めるから、どの役に当たってもいいように練習しておいて下さい」

「えっ、オーディション？　自分の希望は取ってくれないの？」

　圭奈が声を上げた。

「ダメ、やりたい役を聞いてたらきりがないでしょ、適材適所。演技ができなければ裏方に回ってもらうわ」

　圭子がきっぱりと言い放った。

「台詞を覚えられるかも含めてテストよ、一人ひとりの演技を見て適性に合った役や仕事を与えます」

（うぁ、厳しい、圭子さんの本領発揮といったところね。頑張らなくちゃ）

　琴は台本を手にしてあらためて自分の気持ちを奮い立たせた。それぞれが部屋の四方八方に散らばりぼそぼそつぶやきながらの本読みが始まった。

12　キャスト

「じゃ、これからそれぞれの役を発表します」

圭子は舞台袖の椅子に腰かけフロアに座る琴たちに向けて語りかけた。全員が演技のオーディションを受け昼食が終わった後である。

「みんな、台本は読んだと思うけど登場人物の役柄も含めて話をするわ、しっかり聞いてね。名前を呼ばれた人から舞台に上がって」

琴は今さらながらに圭子の行動力に驚いていた。信濃山荘で圭子と出会ったのが二週間と少し前、その夜私たちは出会い、明け方にはこの劇を創り上げようと決めた。そしてさらに今日の朝初めて顔を合わせた十五人あまりの前で自分の気持ちを語り、この劇へ全ての者の参加を決意させた。それからわずかに四時間後、もうキャスティングを終えて発表がされようとしているのだ。

（圭子さん、すごい……）

「まず初めに、天界の長老……尾崎さん、お願いします」

「おー」

舞台下から一斉に歓声が上がった。

発表を聞いて美咲は琴の顔を見つめてうなずく。

「当然よね、琴」

「うん、ほんと驚いた」

美咲の問いかけに琴はオーディションの時の尾崎の姿を思い起こしていた。

「じゃあ、最後は尾崎さん」

「ほい」

圭子の呼びかけに床屋の主人尾崎は細い体を杖を使って起こすと頼りなげな足取りで舞台の上に上った。

「ねぇ大丈夫なの、あのおじいちゃん」

「ちょっと心配、声なんて聞き取れないじゃない」

圭奈と美咲が小声で会話するのを聞き、琴も同じように心配をしていた。尾崎の足取りは今にも倒れそうでよろよろとしていた、自己紹介の時の挨拶も声が小さく聞き取れないほどだった。きっと参加した誰もが同じ気持ちを抱いていたに違いない。しかし、その心配をあざ笑うかのような光景が次の瞬間琴たちを待っていたのである。

舞台の立ち位置に立った瞬間、尾崎の顔つきが変わった。背筋がピンと伸び、うつむきがちだった顔を堂々と上げると舞台の下にいる全ての者に一人ひとり目線を合わせていく。琴は尾崎と目線があった時、恐怖すら感じるほどその迫力に圧倒されていた。やがて尾崎はゆっくりと台詞を口にした。

《嵐の音だ……ここでは世の中の音が聞こえてくる、人の喜びや悲しみの声もだ。ところで、人間として生まれてくるというのは非常に尊いことでな。例えば、深い深い海の底に一本の針が沈んでいるとしよう。激しい嵐の中を天から一本の糸を垂らしてその針の穴へ通すことよりも、更に更に困難でまれなことなのじゃ、お前たちは何百億の中から選ばれた命なのだよ……》

それは、落ち着いた、それでいて腹の底から魂の声を絞り出すような威厳に満ちた圧倒的な声であった。そこにいた全員が一瞬声を失い思わず息をひそめる。圭奈と美咲は顔を合わせつぶやいた。

「じいちゃん、怖っ」

「やだっ、あたしの何倍も上手じゃない」

「尾崎さん、指定したところと違う台詞ですよね」

「この役はわしじゃないとできないじゃろうと思ってな」

圭子はその言葉にニヤリとしてそれから手元のメモに熱心に書き込みをした。

「この役は生と死を司る天界の長老の役です、実は一番難しい役どころなの。若い人では威厳を出すのが難しいし、かといって歳を取っていればいいというものでもない。だから、尾崎さんの演技を見たとき心の中でガッツポーズをしたくらい。尾崎さん、よろしくお願いします」

圭子が尾崎に声をかけると尾崎はペコリと頭を下げた。

「頑張らせていただきます」

尾崎はまた小声の優しいおじいちゃんに戻ってゆっくりと舞台を下りた。

圭子の声が続く。

「次は天界の黒の使者と白の使者です、わかりやすく言えば悪魔と天使のイメージね。長老に下界の出来事を報告したり、生まれ行く主人公たちに生を選ぶか死を選ぶかの選択を迫ったりする大事な役です。三人ずつで台詞を回す場面も多いからチームワークも大切よ、まずは黒の使者から」

全員が圭子の一言一句に耳をそばだてる。

「手嶋君」

「はい」

和也が香澄と目を合わせた後大きく返事をした。

「出水さん」

「はい」

「それから、リック」

「ハイ」

「日本語大丈夫？　稽古では遠慮しないわよ」

「ＯＫ！　イヤ、ダイジョウブ」

リックは指でＯＫマークを作ると圭子に向けかざして見せた。

「次に白の使者、山口さん」

「はい」

香澄もまた和也と眼を合わせ笑顔で返事をした。

「美咲ちゃん」

圭子の声に美咲は一瞬きょとんとして左右を見渡す。

「えっ、あたし？　主役がよかったんだけどな」

「嫌ならやめてもいいのよ」

圭子は少し冷たさを装うようにして美咲にそう言った。

「やります、やります、何しろ天使ですものね」

「それからもう一人……ランさん」

ランは飛び上がらんばかりに喜びみんなに向かってうれしさを表現してみせた。

「ありがと、みんな！　どうしても女の子の役がやりたかったの！　あたし」

その場で片足で回転し、ウインクと投げキッスを繰り返す。

「次は主人公の一人の小さい頃の役……あかねちゃん」

あかねは少しはにかみながら笑顔で答えた。

「はい、よろしくお願いします」

「この子は生まれながらに両手がなくてみんなにいじめられるの、ちょっぴり辛い役だけど頑張ってね。それからもう一つお願い、ピアノを弾いてくれない？　ＢＧＭは生の音が欲しいの」

「はい、わかりました」

あかねは嬉しそうに返事をすると両手を前に組んで丁寧にお辞儀をして見せた。

「主人公の一人のお母さん役は町田さん、いじめられる子のお母さんね。それからいじめっ子をシン君と岩下さんにお願いします」

「了解よ」

町田が堂々とした様子でうなずく。

「ボク、イジメッコ、アクヤクデスネ、ガンバリマス」

「悪役なんてすごい日本語知ってるのね」

圭子は思わず笑顔を見せた。

「あっ、それから全員役者と並行して裏方をやってもらいます。人数が少ないからね、衣装や大道具、小道具、本番での照明や音響ほか一人三役ぐらいはこなしてもらうわ」

「きっぴしいのね、でもあたし衣装のデザインならまかせて！」

ランが目を輝かせながらアピールした。周りから大きな笑いが起こる、琴も思わず声を出して笑ってしまった。

「さて、残るは四人よね」

舞台上にいる全員がまだ名前の呼ばれていない四人へ一斉に視線を投げかけた。

「残った四人にこの劇の主役をやってもらいます」

琴は一瞬とまどい、両側にいる守と圭奈、そして兵助を見た。

(えっ、主役？　あたしは裏方でいいと思ってた。みんなで何かを創り上げることができればピアノが弾けない淋しさを乗り越えられるかもしれない、それだけなのに)

「永谷君」

「はい」

守はゆっくりと立ち上がり、舞台の上に上がった。

「読みました」

「主人公の一人をお願いするわ。男の子として生まれる君は全く勉強ができない劣等生、みんなからばかにされて自殺をしようと踏切の前に佇む、台本読んだよね」

「どう、生徒会長の君とは全くかけ離れた人物よ……できる？」

守は台本の表紙に目を落とすとしばらくの沈黙の後圭子の眼を見て力強くうなずいた。

「大丈夫です、やらせてください」

圭子は深くうなずくと続いて圭奈に目を移した。

「原田さん、二人目の主人公はあなたにお願いするわ」

「おお」

圭奈は男のような返事をしてぎこちなく舞台の上に上がる。

「あなたは、台本に出てきた不良少女、ありとあらゆる悪さをしてそれから最後はどうなるんだっけ？」

「バイク事故で死んじゃうんでしょ」

「そうね、キャラクター的に地でできそうでしょ」

「そりゃ、失礼ってもんでしょ、ね」

圭奈は口をとがらせて見せる。

「次に細川君」

「はい」

兵助は照れくさそうに小さく返事をすると舞台の上に上がった。

「君の役は、いじめられっ子、どうしていじめられるんだっけ」

「生まれた時から両腕がないから」

「そう、心無い子があなたの心を傷つける、ね、シン君」

「ハイ、ボクガイジメッコデス」

シンは兵助に襲いかかるようなポーズをして見せた。

「自信のほどは？」

「自信はないですけど、原田さんと一緒に出来るのなら僕は何だってやります」

兵助は目をキラキラさせて圭奈を見つめた。

「ちょ、ちょっと、お前、人前で何言ってるんだよ」

「圭奈、顔が赤いよ！」

美咲がうれしそうに大きな声を上げた。

「何言ってんのよ、美咲、あたしは細川はタイプじゃないの。どっちかってゆーと永谷君のほうが」

圭奈は顔を真っ赤にしながら両手を大げさに振る。

「ひどーい、ひょろすけが可哀そうじゃない」

「大丈夫です、もうすでに一回フラれてますから」

「原田さん、兵助はいいやつだよ」

「永谷君まで……そんな」

笑顔の守をよそに圭奈は最後まで顔を赤らめながらも口をとがらせて見せた。

「さっ、そして最後は……」

圭子は目をつぶり一瞬息を吐いた。

13　決意

次々とキャストが発表されていき、いよいよ最後の瞬間。

圭子は琴を見つめ、そしておもむろに口を開く。

「琴ちゃん、あなたには最後の配役……」

「コインロッカーベイビー……」

「そう、生まれてすぐにコインロッカーに捨てられてしまう女の子」

琴は右手の掌を見つめた。

「私が……」

「彼女の選択はこの劇の中でも最も大切な決断なの、何しろ生まれたその日に死んでしまうかもしれない運命を背負っているんだから。台本読んでわかったわね、どう、演じてくれる？」

琴は一瞬迷う、こんなに大切な役を、動かない左手で演じることができるのか、私のせいでせっかくの劇が台無しになってしまうかもしれない。

琴の逡巡を見抜いたかのように圭子が続けた。

「この役はぜひあなたにやってほしいの。あなたと出会えたことであたしも救われた、そしてあなたもあの日から何かが変わったはず、琴ちゃんが演じるからこそみんなに生きる勇気を与えられる」

圭子は琴の眼を見つめて語りかけた。琴はしばらくの沈黙のあとで圭子の思いを受け止めた。圭子さんと出会っていなければきっと今も人生を悲観して涙に暮れていたに違いない、自分は立ち直るきっかけを与えてもらった、ならば今度は自分ができる事で人に勇気を与えることができたら……琴は大きく息をつくと圭子に答えた。

「わかりました、やらせて下さい」

「ありがとう。でも厳しいからね、覚悟はしておいてね」

「はい」

「琴、がんばろうね」

「うん」

美咲の声に琴は笑顔で答えた。

「これで全員の配役が決まりました、裏方の仕事についてはこのあと紙に書いて渡します。それぞれの担当がお互いに連絡を取って仕事を進めて下さい。稽古は毎週の土曜日と日曜日、稽古はよほどのことがない限り休まないこと、午前中はそれぞれの仕事の時間、午後が稽古よ」

「あの……」

「何、手嶋君」

「宗田さんの事は『監督』って呼び方でいいですか」

「ええ、いいわ、生徒たちも部活ではそう呼んでたから」

「ねえ、監督、上演はいつなの？」

「ランさん、いい質問ね。上演は夏休みの初日、『吉田ファーム』では毎年この日に町の人たちと県の施設の子供たちを招待してイベントをやっています、おじさんそうでしたよね」

「おお、さっき話した通りだ」

「今から約三か月後、この日に決めました。そして十二月に行われる県の演劇コンクール、県全体から高校や大学、セミプロの劇団が集まるわ、最終的にはここに挑戦する。予選があるから決勝の舞台に立てるだけでも大変なの、これが今年の目標よ」

「素敵じゃない！　あたし燃えてきちゃった！」

「ほかに質問は？」

　舞台上で全員がお互いに顔を見合わせる。

「じゃあ、今日は初日だからこのあと仕事の顔合わせでおしまい。次回は来週の土曜日、台詞合わせをしますからそれぞれ家で練習してきて下さい」


　裏方の顔合わせと自己紹介を済ませ琴たち五人は「吉田ファーム」でもらったジュースを片手に明るい午後の日差しの中を川辺に沿って歩いていた。

「琴、すごいね、主役だよ、演技力かなりいるよ」

「美咲の役だって大事だよ」

「あたしも主役の一人なんだけどな」

「不良役だから地でできるもんねー」

「あっ美咲、このやろう」

「ほら、その言葉遣いが男だって言われるの」

「原田さんはそこが素敵なんです」

「ひょろすけ、よく照れずに言えるね」

「一度フラれてますから」

　兵助は胸を張ってみせた、その姿に目を細めながら守が琴に問いかけた。

「宗田さんて驚いた、たった半日で劇団一つ立ち上げてしまったわけだろ、すごいリーダーシップだよね。村上さん、偶然知り合ったんだっけ」

「ええ、そうなの、永谷君とは今までそんなに話した事がなかったわよね、知ってる？　私の手の事」

「実は……今日知ったんだ」

「そう、私、ピアノが大好きで、手が動かなくなっちゃったからずっと落ち込んでたの。もう死んでもいいやってくらい」

「そうなんだ……」

守は琴の左手に目をやると小さくつぶやいた。

「もう、学校にも来ないし家に行ってもめちゃくちゃ暗いし本当に心配したんだから、ねぇ、圭奈」

「おお、でも仕方ないだろ、明るくなんかふるまえるわけないじゃん」

「みんな、心配してくれて本当にありがとう、私、自分でも信じられないの。ひと月前はどん底だった、絶望って言葉を初めて知ったの。今日みたいに笑ってみんなと話せるなんて思ってもみなかった。だから絶対に頑張る、生意気だけど私が色々な人に救われたみたいに今度はこの劇で色々な人たちに勇気を与えたい……」

琴は圭奈と美咲に向けて目を輝かせた、前を向いて話している自分が嬉しくてしかたがなかった。

「琴、よかったね。あたしゃほんとに嬉しいよ、みんな、がんばろう！」

「はい、僕も頑張らせていただきます、ところで原田さん、約束のデートは？」

「おお、それは細川の練習次第だな」

「兵助、頑張れよ」

守が声を上げて兵助の肩を一つたたいた。

「永谷君も頑張ってね、あたし応援するからね」

「ありがとう、でも滝さんも女優なんだよ」

「やっだー女優だって、照れちゃう」

五人の話は尽きることなく、笑い声が川沿いにこだました、琴は思った（仲間なんだ、私たちは仲間なんだ。一人じゃない、仲間がいれば辛くても生きていけるんだ）

琴は右手で左の腕を持ち上げて目の前にかざしてみた。腕はまだ冷たく感覚はない。しかしこの腕が今日の仲間たちと自分をめぐり合わせてくれたものでもあることは紛れもない事実なのだ。自分の動かない腕を見る目から恨めしさが消え去っていることを琴は実感した。

もちろんできることならピアノを弾きたい、でも弾けないならばそれ以外の事をやるしかないのだ。わずか二週間余りの時間の中で琴の心は自分が思っている以上に大きく成長していた。


「愛、雪、空、ただいま」

涼は「銀河」へ戻ると小さな声で三人の写真に語りかけた、涼もまた二週間前のことを思い起こす。

涼にとって「銀河」同様この世で最も大切なものは愛と雪と空だった、いやもちろん「銀河」以上に……事故を知らされた時の衝撃は今でも忘れることはできない。

警察から電話を受けすぐに「銀河」を飛び出した。この日も三人は食料の買い出しに行ったのだ。

「じゃあ、行ってくるね」

「今日は雪がお母さんのとなりだから」

「ああ、順番だもんな」

「空は今日うしろ」

「えらいぞ、空、おりこうさんだ」

「出発！」

「行ってらっしゃい」

これが三人との最後の会話となった。折からの寒波で昨夜から降り出した雪は一夜で道路を見事に凍結させ、春を前に除雪もずいぶん進んでいた道路を一晩で元の雪道に戻してしまった。

「銀河」から下りてくる山道の最後に急な斜面がある、日陰にあたるその個所は日頃から愛も充分に注意して運転していたのに……その日もスピードを落として斜面を下っていたその時妙な音を聞いた、愛は車の窓から外を見た。

（倒木だ！）

雪の重みに耐えかねた太さ一メートルほどの木が車めがけて倒れてくるのを愛は知った。

「雪！　空！　頭押さえて！　小さくなりなさい！」

愛はとっさの判断を迫られた、急ブレーキを踏むか、それともアクセルを踏んで倒木から逃げるかである。一瞬の間をおいて愛はアクセルを思いきり踏み込んだ。

車は一気に加速する、愛の一瞬の判断は正しかった、その時点では……。倒木は車のリアバンパーをかすめるかのようにわずか後ろに倒れ、雪煙と共に大きな音を森に響かせた。木をかわした安堵もつかの間、スピードを上げた車は凍った急な坂道でにわかにコントロールを失った！　ハンドルが利かない！　車はスリップしながらわずか三〇メートル先の国道との交差点に向けて絶望的な速度で滑り込んでいった。


「愛！　雪！　空！」

涼が病院にたどり着いたときにはすでに三人の息はなかった、全身打撲による死亡だった。

「ほぼ、即死の状態でした、苦しむことさえなかったでしょう」

死亡を確認した医師は涼を少しでもいたわるべくそんな言葉を口にしたが、涼にとっては何の慰めにもならなかった。いや、たとえどんなに苦しんでいても涼は生きていることを心から望んだのだ。

傷がどれほどひどくても、たとえ意識が戻らなくても、生がある限り希望はつながる。しかし死は希望の糸をすべて断ち切る絶望の宣告である。涼は生きがいを一瞬にして奪われた。

うつろな状態のまま葬儀を終えた。涼の心には大きな空洞がぽっかりと穴をあけていた。三つの大きな穴である。仕事はもちろん手につかず、何も知らずにかかってくる電話は空しく呼び出し音を流し続けてはやがて切れた。そんな日が一週間も続くと電話の音さえもほとんど鳴ることがなくなってしまった。

何も考えられずに涼は「銀河」を出た。どこへ行こうがこの悲しみは決して彼を解き放たない。しかし、「銀河」の中にいることは涼にとって余りにも辛すぎたのである。ナップサック一つを肩に担ぎ駅へ向かった。

もう死んでもいい、涼はそう思っていた。そうした時に、「信濃山荘」で琴と圭子に出会ったのである。あの時二人に出会っていなければ自分はどうなっていたかもわからない、涼は自分でもそれがはっきりとわかっていた。この偶然の出会いがもう一人の命を救ったのだ。

「愛、雪、空、今日は新しい仲間と会ったんだ。みんないい人たちみたいだよ、君たちがいないのはさびしいけどもう一度頑張ってみるよ、見守ってくれよな……」

涼は三人の写真に向かって小さく拳を握りしめ唇を引き締めた。

14　スタート

「ちょっと、いやだぁ、あたしの手は板じゃないんだからね！」

「大丈夫よ、でも間違って美咲の手を打ったらごめん」

「琴、大丈夫なの、バランスとれる？」

「あっ、そこ持って、釘打つよ」


次の土曜日から舞台稽古とそれぞれの裏方の仕事が始まった。琴たち五人組は大道具を担当することになった。先週の圭子の話の通り午前中に裏方の仕事、午後には全員そろって台詞合わせをすることとなっていた。


「あら、にぎやかじゃない、琴ちゃんたち何作ってるの？」

「あ、ランさん、天界の門よ。ほらこれ見て、これが完成図。永谷君が書いてくれたの、素敵でしょ」

「あら、永谷君素敵よね、あたし……メチャクチャタイプかも！」

「永谷君じゃなくて絵を見てくださいよ」

「わかってるわよ」

「この舞台から見て下手にあるのが誕生の門、天界で生まれるのを待っている子供たちがここを通って人間界に生を受ける、イメージは純白」

「知ってるわよ、それであっちが」

「ああ、向こうが上手にある暗黒の門、ここを通れば生まれずして暗闇に消えていくってわけさ。イメージは漆黒、真っ黒に塗るんだ、まだこれからだけどな」

「あら、圭奈ちゃんにぴったりじゃない、悪魔の門でしょ」

「ぶっとばすよ、こんなにかわいくてキュートなレディーをつかまえて悪魔はないだろ」

「そうです、原田さんは天使ですから」

「なっ、細川」

「はい！」

ホールのあちこちでそれぞれが分担された仕事に取り組んでいる。出会いから一週間目、初めての再会だったがそれぞれが旧知の仲のように楽しそうに目の前の作業に没頭していた。

「ランさんは衣装だっけ」

「そうよ、あたしのデザイン最高だから」

ランと香澄、それに智子はホールの隅にミシンを持ち込んで衣装づくりを始めていた。ミシンは智子が家から持参したものだ。

「ランさんの描いてきたデザインよ」

香澄がスケッチブックを広げて見せた。

「えっ、うそ、上手いじゃん」

圭奈が思わず声を上げたのも無理からぬことだった。そこにはファッションデザイナー顔負けの衣装デザインが何ページにもわたって見事に描かれていた。

一枚目には命を受け継ぐ白の使者、まさしく天使をイメージした真っ白なドレスは派手すぎず地味すぎず見る者を惹きつける魔法のような魅力があった。

二枚目には黒の使者、こちらは見るからに悪魔をイメージさせる、そう闇の国のピエロといったいでたちであった。恐ろしくしかしどこか憎めない可愛らしさをも感じさせる不思議な衣装だ。

さらには天界の長老の衣装は細身の体でありながら重々しい威厳に満ちた雰囲気を醸し出している。琴も圭奈も美咲も全員が絵に見入ってしまいしばらくは声を出せないでいた。

「なかなかですよね、私もちょっぴり驚きました、ただのオカマさんかと思っていましたが、こんな才能があったんですね」

智子がにこやかな顔でチクッと毒気を見せた。

「まぁ、おばさん失礼ね、あたしの本当の実力を知らないんだから。まっ、いいでしょ、しっかり作ってよね」

「わかりました」

「私も俄然やる気が起きてきました、ランさんに負けてはいられないです、家庭科なら任せてね」

香澄も白い手で力強い握り拳を作ってみせた。

ホールの逆の隅では和也がシンとリックに小道具の確認をしていた。何しろ二人の日本語がそれなりに怪しいので四苦八苦の様子だ。

「じゃ、リック、必要な道具を言ってみよう」

「マズ、チョウロウノツエデスネ、ソレカラ、イスモツクリマス」

「合格、次はシン」

「エエト、アトナンダッケ?」

「ナンダッケじゃないだろ、今教えたばかりじゃないか」

「スミマセン、アタマデハワカッテル、ニホンゴガデテコナイ」

「なるほど、ほらこれだよ、これ」

和也が手を頭の上にかざしジャスチャーを交えてもう一度教えて見せた。

「アア、オモイダシマシタ、『オウカン』デス」

「ＯＫ、王冠！」

二人との会話に苦労しながらも和也は何とも楽しそうだ。

琴は思った。この仲間とならきっといいものが作れる、自分をどん底から救ってくれたあの夜のように。今度は自分たちで辛い思いをしている人たちに元気をあげられると。

ホールの中央に目を向けると岩下が机に向かいながら真面目な顔で画用紙にメモを走らせていた。

琴は近寄って声をかけた。

「岩下さんは何を？」

「僕は照明の原案をね、このシナリオを読んだ時こいつは照明が大切だなって感じたんだよ。どの場面で、どの角度から、どんな色のスポットを当てるかで全然ムードが違ってくる、綿密に計算しないとね」

「ふふ、さすがに銀行員ですね」

琴が一通り周りの仕事の確認をしていた時ホールの中央にある大きな柱の後ろから不意に音が聞こえた、ピアノの音だ。にぎやかな声が溢れていたホール全体が一瞬シーンとなり全員の目と耳が柱の後ろに集中する。

柱の陰から流れてきたのはピアノの音だった。どこかで聞いたことのある哀愁を帯びたメロディーがホール全体に流れる、それは少したどたどしい旋律ではあった、決して上手な演奏でもなかった、しかし、不思議なことに、なぜか聞く者の心に染み入るように辺り一面を浸透した。

「あかねちゃん……」

琴は椅子にちょこんと座りおさげの髪を揺らしながら真剣に鍵盤を見つめるあかねの姿を見つけた。

「そうか、あかねちゃん、ピアノ担当だったよね」

「うん、お姉ちゃんはピアノ弾ける？」

琴はあかねのそばに寄り添うように近づき、膝を曲げてあかねと同じ目線になってうなずいた。

「ええ、でもおねえちゃんね、左手が動かなくなっちゃったんだ、ほら」

琴は自分の左手を右手で持ち上げてあかねに見せた。

「そうなんだ、右手は？」

「うーん、右手は大丈夫だよ、ちょっと貸して」

琴はあかねの手を鍵盤から優しくどけると右手を鍵盤に滑らせた。ベース音のない軽やかな旋律がホール一杯にこだました。

「すごい、上手だね」

琴がピアノに触れたのは何か月ぶりだったろう、ずっと意識して避けてきたピアノ、逃げてきたピアノ、左手が動かなくなってから初めて触れた。右手は鍵盤の感覚を覚えていた。自然と手が動いたのに琴は自分自身で驚いていた。

（弾けた……）

思わずにメロディーを奏でた右手だった、右手が覚えていたことはうれしかったがそのメロディーを聞いた後で琴は再び心に小さな影を落とした。音に重みがない、ピアノでは主に左手がベース音を担当する、しかし、琴の左手はたった一つの音をたたき出すこともできないのだ。右手だけで弾いた旋律は軽やかな高音を響かせたがそこには全くといっていいほど深みがなかった、その軽やかさが琴の気持ちを小さく打ちのめした。

（もう自分は人を感動させる演奏はできないんだ……）

そう思った時琴の心に重いものがよみがえってしまった、まだまだ琴の心の傷は芯からは癒えていない。

「ねえ、お姉ちゃん」

あかねの声に琴は我に返る。

「あかねにピアノ教えて」

「えっ、あかねちゃん上手だよ」

琴はちょっぴり驚いたように声を上げる。

「でもお姉ちゃんはもっと上手、だから教えて」

琴はしばらく沈黙したのちあかねの瞳を見てうなずいた。

「うん、いいよ、一緒にがんばろう！」

「ありがと」

「ところで、さっきの曲、何だっけ？　おねえちゃんも聞いたことがあるな」

琴は記憶をたどりながら小さく首をかしげて見せた。

「うん、これラピュタの曲」

「そう、ラピュタ？　ああ、アニメのだ」

「そう、圭子さんがね、あかねの好きな曲を持っておいでって言ったの、だからあかねの大好きな曲を持ってきたんだ」

「そうなんだ、ちょっぴりさびしい曲だよね」

「うん、こないだ劇の台本を読んだよね、そうしたらこの曲が浮かんできたの」

「何て曲名だっけ？」

「《君をのせて》」

「うん、思い出した、中学校の時に合唱で歌ってたクラスがあった」

「いい曲だよね」

「ええ、いい曲だわ」

「いっぱい練習するね」

「よし、あとで特訓だ」


「おーい、みんな昼ごはんの時間だぞー」

ホールを響き渡る声が琴とあかねの会話に明るく終止符を打つ、秀さんの登場だ。

「今日は涼ちゃんが作ってくれた特製スパゲティーにおじちゃんの作ったヌンチャクソーセージ

だ」

「お待たせ！　料理が僕の仕事の一つだ、みんなぜひ食べてくれ」

ホールに歓声が沸き起こる。食事すら忘れて仕事に熱中していたみんなの胃が秀さんの声で空腹を思い出したようだ。全員仕事の手を休めて大きく伸びをする、そして立ち上がると涼の引いてきたワゴンに群がるように集まった。

「うわー美味しそう！」

最初に声を上げたのは美咲だ、その声につられて全員がフォークと皿を我先にと手に取った。ようやく春の日差しが感じられるようになった窓の外に歓声が漏れ出で、都会に比べて遅い桜の花びらたちがその声を聴きながらかすかに揺らめいていた。

15　面談

午後になり台詞合わせを兼ねた舞台稽古が始まった。圭子が舞台の前で椅子に座り最初の一声を上げた。

団員のメンバーはほとんどが初めて舞台へ上がる者ばかりだ。それでもみんな台本を手に懸命に台詞を口にした。一通りの台詞合わせが終わったのち、圭子が全員に向かって語りかけた。

「まあ、今日は初めてだからこんなものね、では、この先の事を話します」

「この先の事って？」

美咲がきょとんとして尋ねた。

「このあとは各自台詞の練習をしてね、ひとまず台詞合わせが終わったから。明日は立ち位置の確認も入れてもう一度だけ同じことをやりましょう。そして来週からは立稽古といって実際に演技を入れながらの練習に入るからそのつもりでね」

「あら、またすごい勢いじゃない」

「ランさんもしっかりお願いよ」

「まかせといて」

「それから、今日これからと明日、みなさんと面談をしたいんです」

「面談ですか」

「そう、琴ちゃんと出水さんはもうたくさん話したわよね、でもあたしはほかの皆さんの事がわかりません。監督としてみんなをまとめるからにはみんなの事をよく知っておきたいんです、そのための面談」

「何だか緊張するな、面接みたいで、銀行に入る時以来だ」

「岩下さん、そんなに緊張しなくても大丈夫、とって食べたりしないから」

「じゃあ、呼ばれたら隣の管理室に来て」

「監督　宗田圭子」によるメンバー面談が始まった。まず、美咲を先頭に琴を除く四人が順番に呼ばれていった。

「あらためて、こんにちは」

「美咲ちゃんはどうしてこの劇に参加しようと思ったの」

「そりゃあ、琴に誘われたから。あたしたち親友だし、ピアノ弾けなくて落ち込んでたの可哀そうで見てられなかったし、琴が元気になるなら何でも協力したいし」

「やさしいのね」

「へへ、ありがとございます」

「不安はある？」

「特にないけど、あたしたちももう高校三年でしょ、あたしあんまり成績良くないの。勉強もしなくちゃいけないから両方とも頑張らないと」

「そうね、美咲ちゃんのその明るい所とても素敵よ、頑張ってね」


次に呼ばれたのは圭奈。


「こんにちは」

「こんちは」

「原田さんも琴ちゃんのために参加したの？」

「まあ、もちろんそれもあるけど、二年間で部活三つも辞めちゃったし何となくおもしろそうだったから」

「何で辞めちゃったの？」

「あたし、先輩とか、友達もなんだけど気が合わないとすぐにケンカしちゃうんだ。自分でもまずいとは思ってるんだけどね」

「そうなの、今度は続けられそう？」

「たぶんね」

「たぶんじゃ困るわ」

「じゃ、おそらく」

「同じよ」


修が部屋へと入る。

「永谷君は演劇経験者だっけ」

「はい、中学の時に三年間やってました、今の高校には演劇部が無くて」

「そう、じゃ色々なところで力を貸してもらうと思うからよろしくね」

「はい。あの、ちょっと聞いてもいいですか？」

「何？」

「初めてお会いしたとき、村上さんも出水さんも監督も心に傷をもっていたって言いましたよね」

「村上さんの手の事はわかるし、出水さんは奥さんと子供さんを亡くされたって、あと監督の事って……聞いてもいいですか」

「……」

「いや、話したくなければいいです」

「うん、いいわ、永谷君はリーダーになれる人だわ、話しましょう」

圭子は琴に打ち明けた時と同じように守に自分の身の上を話した。

「そうだったんですか、すみません、話したくないこと聞いちゃって」

「いいのよ、気にしないで。じゃ、頼りにしてるわよ」

「はい」


最後は兵助だ。

「細川君、原田さんの事が好きなんでしょ」

「はい！」

「どうして、こんなこと言っちゃ悪いけど女の子にしては強すぎない？」

「ぼく……やせてて、体も小さくて、頭もよくないから、中学の時みんなからいじめられてたんです。学校へ行くたびにからかわれたり、時には暴力を振るわれたり……」

兵助は話しているうちに涙をいっぱい目に溜め、声も途切れがちになった。

「つらかったんだ」

「ええ、いじめられたことのない人には絶対にわかりません！」

兵助は「絶対に」の所で唇をかみしめて力強い口調で言った。

「中三の時、意地の悪い三人組に囲まれて、殴られるのを覚悟した時でした……原田さんが助けてくれたんです」


「おい、おめーら何やってんだよ、三人で一人をいたぶるなんて男のすることか」

「何だ、原田、女のくせにうるせーんだよ」

「うるせーのはそっちだ、やるか」

「おお、いい度胸だ」

圭奈は大声を上げて立ち向かう、三人を相手にほぼ互角に立ち振る舞う途中で騒ぎを聞きつけた教師が駆けつけてきた。

「やめろ、何やってるんだ」

三人は教師の姿を見つけると圭奈を突き飛ばし校門を乗り越えて逃げ去った。

「あいつらが細川をいじめてたんだ」

「そうなのか、細川？」

兵助は恐る恐るうなずく。

「原田さん……ありがとう」

「しっかりしろよ、男だろ」

「そんなことがあったんだ、なかなかのスーパーウーマンね」

「それから、僕は原田さんのファンです、もちろん大好きです」


圭子の面談は二日にわたって続けられた。圭子は面談をしながら思い起こしていた、教師をしていた時にも同じように演劇部の生徒を一人ひとりこうして面談していた。話してみて初めてその生徒の本当の姿が見えてきた。はつらつとしていつも明るく部長を務めている生徒が実は誰にも言えない悩みを抱えていたり、一番目立たない裏方を務めている生徒が誰よりも正確に舞台を観察していたり、全体では見えないものか見えてくるのだ。

圭子は思う、この団員もみんなあの生徒たちと同じなんだ、それぞれが色々な思いを胸に秘めてここに集まってきているのだ。


二日目の夕刻、圭子は最後の面談に臨んだ。昼までの晴天がにわかにかき曇り、窓の外には激しい雨が打ち付けている。最後に呼んだのは尾崎だった。

「尾崎さんよろしくおねがいします」

「こちらこそ」

「尾崎さんはどうしてこの劇に参加されたんですか」

「そうじゃな、話をした方がいいかもしれませんな」

尾崎は細身の体に真っ白な髪、しわをたたえた仙人のような顔に不思議なほどの笑顔を見せて圭子の瞳を見つめた。

「人生の最後の思い出にと思いましてな」

「えっ、なんておっしゃいました？」

「最後の思い出ですわ」

「ごめんなさい、おっしゃってる意味が……」

「監督、監督にだけはお話ししておきますから、誰にも言わないと約束してくださいますか」

尾崎はもう一度優しい、しかし真剣な目で圭子を見つめた。

圭子は少しの間のあとで静かにうなずいた。

「実はな、わしゃもう先が長くないんじゃ」

「えっ」

一瞬の時が止まり、圭子は自分の頭の中で尾崎の言葉の持つ意味をフル回転させて理解しようと努めた。そしてわずかの後、その意味をはっきりと悟った。

「監督さんは頭が切れる方のようじゃから、もう察してくれたようですな」

午後の診察室には窓から木漏れ日が差し、部屋の空気をあたためていた。

「医師」と「患者」は木漏れ日とやさしげに揺れる木々の影を背景に対峙する。

「尾崎、お前とは幼なじみの仲だ、検査の結果を言うぞ」

「坂本、覚悟はできてる、望むところだ。友達に医者がいるというのは頼もしいもんじゃな、友達というのは隠し事をしてはいけんからな」

ほんのわずかのためらいのあと医師は口を開いた。

「結果は……胃ガンだ……かなり進行してる」

「……」

尾崎は一瞬顔をこわばらせたが、予期していたように穏やかな口調で返した。

「どのくらい持つ？」

「……」

再び坂本が言葉を口にするのに躊躇した。

「お前を信じてる、つまらん嘘は言うな」

「持って……あと半年」

「そうか、でも痛みもないし、不思議なもんじゃな」

「もうじき痛み出す、入院を勧める」

「いや、わしももう七十過ぎだ、身寄りもいないし、半年もベッドに寝ているのは勘弁だ、最後くらい好きな事をさせてくれんか」

友人である医師の坂本はしばらく考えてからうなずいた。

「わかった、ホスピスを紹介する、知ってるよな」

「ああ、ありがとう、わしもそれを望む」

「ところで、何をするんだ?」

「若い頃、床屋になる前じゃがの、演劇に熱中した。若さのすべてを賭けてのめり込んだ、この前、『吉田ファーム』に行ったら劇団員の募集があってな……」

尾崎は何とも嬉しそうな表情で言葉を続けた。

16 命名

「みんな面談終わったんだ、あたしはいいのかな」

琴は自分と出水が面談から外れたことが少し気になった。お互いの身の上はわかっているとはいえ少し物寂しい思いがしたのだ。最後に少しだけでも圭子と話がしたい、そんな気持ちでホールを出て管理室に足を向けた。

「お話できてすっきりしましたわ」

尾崎は穏やかな笑みをたたえながら圭子を見つめた。

圭子は言葉を失った、あまりにも重い告白である。しばしの沈黙は窓にたたきつける雨の音をひときわ際立たせた。

「知りませんでした」

「監督、この面談はいいのう、こんなことが無けりゃわしは話すつもりはなかったんじゃ」

「すみません、おつらい事なのに……」

「相談をさせてくれますかの」

「はい」

「一つはさっき頼んだようにほかの誰にもしゃべらんでくれ。知ればみんなが気を遣う、わしもそれは望まん。それからもう一つ、七月の上演には何とか間に合うかもしれんが、それよりあとはどうなるかわからんのです。医者は長くて半年と言っていただけで半年を保証したわけじゃない、時間がないんじゃの。だから七月の公演にわしの人生のすべてを賭けてやってみたいのです」

ドアの向こう側で何かが落ちるような音がした。

「誰？」

圭子がドアを開けるとそこには琴が立ち尽くしていた、足元には台本とブリキのペンケースが転がっていた。

「琴ちゃん……聞いてたの？」

圭子は琴の様子から状況を察したようだ。

「ちょっと入って」

琴は圭子に手を引かれ管理室に入る、圭子が落ちていた台本とペンケースを手に取り辺りを見回した後ドアを閉める。

「ごめんなさい……私、聞くつもりじゃなかったの」

尾崎は椅子から立ち上がり琴の方に振り向いた、それから琴の左手を両手で持ち上げて優しく包み込んだ。

「聞きなさったか？　驚かなくてもいい」

「尾崎さん、すみません」

「謝ることはない、ただ黙っていてくれればの」

「……はい」

琴は大粒の涙をこぼしながら必死に返事をした。

「お前さんは、確かこの手が動かないんじゃったな、まだお若いのに……さぞかしつらい思いをしたのう」

琴の手を優しく撫でながら尾崎は琴に語りかけた、冷たい琴の左手に温かい尾崎の手のぬくもりがじんわりと伝わる。琴はその温かさを感覚でなく心で感じた。

「はい」

琴は尾崎の顔を見ながらさらに涙をこぼし続けた。

「よく立ち直ったの、若いのにあっぱれじゃ。絶望からは何も生まれん、絶望から這い上がる方法を知っとるか」

「はい」

「それはいい、答えは？」

琴は尾崎の瞳を見据えて泣きじゃくりながらもしっかりと答えた。

「希望を見つける事です」

「その通り」

「そこにいる監督に教わりました」

「そうか、監督さん、あんたも大した人じゃ、どうかこの老いぼれを最後までよろしく頼みますよ」

尾崎が管理室を出て行ったあとには圭子と琴が残された。大きな地震の揺れが収まった後のごとく部屋の静寂とは裏腹にまだ鳴り止まぬ胸の鼓動が琴の息づかいを今もって激しく揺らしていた。

「琴ちゃん、このことは二人だけの秘密ってことね」

「わかりました」

「あたし、一つ決心したわ」

「私もです」

「そう」

「尾崎さんの一生の思い出になるような素晴らしい劇を作り上げる」

「以心伝心ね」

「うれしいです」

「出水さんを呼んでくれる」

「えっどうして」

「三人で決めたいことがあるの」


琴は出水をホールから呼び出した。

「さて、劇団発起人三人久々に集結ね」

「僕だけ面談に呼ばれなくてさみしかったな」

「もう、山荘で散々話したじゃない」

「そうだけど」

「圭子さん、決めたいことって？」

琴は赤い目の下の涙の後を出水に気付かれないように手のひらでそっと拭いながらたずねた。

「実はね、劇団名を決めようと思ってね」

「あっ、そうか、そういえばまだ名前がなかった」

「出水さんのペンションは『銀河』だっけ」

「うん、名前の通り素晴らしい星空が見られるのが名前の由来」

「そうよね、名前は大事よね」

「何か、いい名前はない？」

涼は少し困った顔で。

「そうだなぁ、いきなり言われてもなぁ」

「私たち三人の出会いに関係するのがいいかも、出水さんアイデア、アイデア」

圭子が涼をからかうように突っ込む。

「劇団　信濃山荘」

「ダメ」

「劇団　希望」

「古臭い」

「劇団　吉田ファーム」

「却下」

「劇団　ブラボー」

「センス無いわ」

「もー、いじめないでくれよ」

琴は二人のやり取りが可笑しくて思わず声を出して笑った。

「琴ちゃんはどう？」

「そうですね、何か力強い名前がいいですね」

「力強いか……なるほどね、何か案は？」

「うーん、名前はすぐに浮かばないけど、こう何かに立ち向かっていくっていうか、私たちも苦しい中から立ち上がろうとしてる。だから苦しい時でもみんなで力を合わせて戦っていくみたいなイメージ」

「立ち向かうか……向かい風に負けずに進んでいく、そんな絵が浮かぶな、負けるもんかって感じかな」

「向かい風か……いいわね、ピンと来たわ」

「劇団『向かい風』かい？」

「さすがにそれじゃ野暮ったいから、これでどう」

圭子は目の前にあった画用紙にマジックで文字を書いてみせた。


『劇団　AGAINST』


「アゲインスト、向かい風」

「うん、いいかも、向かい風に負けることなく立ち向かって進んでいく、私好きです、この名前！」

琴の一言で結論が出た。

「じゃ、今日の帰りにみんなに発表ね」

全ての面談が終わり劇団名が決定したところでこの日の稽古は終わりとなった。窓の外はさっきにも増して雨脚が強く風もうなるように音を立てている。

ホールに集合した団員は体育座りで舞台の上の圭子の言葉を待った。

「みなさん、面談に協力してくれてありがとう。ほんの少しだけど皆さんの事がわかった気がしました。来週からは本格的な稽古に入ります、各自がそのつもりで」

「監督、あたしの面談短くなかった？」

「そんなことないわよ、ランさんはむしろ長かったくらい」

「あら、そうなの、よかった」

「一つみなさんに発表があります」

発表という言葉を聞いて、ホールの中が少しざわついた、みんなお互い顔を見合わせて次の言葉を再び待った。

「じゃ、出水さん」

「はい、僕らの劇団の名前を発表します、本来ならみんなの希望も聞いて決めるところだけど、ここは発起人の僕ら三人で決めました。劇団名は『ＡＧＡＩＮＳＴ』です！」

「アゲインスト？　どんな意味ですか」

和也が手を挙げて尋ねた。

「うん、単純に訳すと向かい風かな、ゴルフでよく言うでしょ、風はアゲインストって。どんな向かい風にもみんなで立ち向かっていこうという意味なんだ」

「なんかかっこいいじゃん、な、細川」

「はい、僕もそう思います」

「賛成してくれる人」

しばらくの沈黙の後どこからか拍手の音か聞こえた、みんなが音の源を探すが見つからない、拍手は一番後ろの人陰から小さく聞こえてくる。

「あかねちゃん！」

琴が思わず声を上げた。

「意味はよくわからないけど、あかね、なんとなく好き」

その言葉を聞き、香澄が続いた。

「あたしも賛成」

拍手は波紋が広がるようにやがてホール一杯に響き渡った。

「よし、決まりだ！　僕らの劇団『ＡＧＡＩＮＳＴ』！」

和也が興奮したように立ち上がって大きな声で叫んだ。

あちこちから和也の声に呼応するようにみんなが立ち上がり歓声を上げた。

産声を上げ、泣くか泣き止まないかのうちにヨチヨチ歩きを始めていた劇団に今名前が付いた、ここに劇団『ＡＧＡＩＮＳＴ』が正式に誕生した。

17　稽古初日

翌週の稽古には一人も欠けることなく全員が集まった。午前は前の週に続き各自裏方の仕事、そして午後には舞台での立稽古が行われた。

「じゃ、始めましょ、みんな台詞は覚えてきたわね」

圭子の第一声。

全員が緊張した面持ちでうなずく。

「まずはオープニングから、天界に現れた三人の子供たちと長老が出会う場面からいきます。最初のシーンよ、幕が上がった瞬間にどれだけ観ている人を惹きつけられるかで舞台の成功の全てがかかっている、それくらいの気持ちで臨まないとだめ。じゃ、やってみるわよ」

壇上にはにわかに引き締まった空気がたちこめる。

「用意……スタート！」

舞台の上には圭奈、守、そして兵助が上がった。さらには長老役の尾崎が舞台上手で一段高い椅子に腰かけている。

『ここは、どこ？』

『わたしは、誰？』

『僕たちはなぜここにいるんだ』

兵助、圭奈、守の順番に演技を交えた初めての台詞が舞台の上に飛び立った。

『うわっ！』

三人が揃って尾崎の登場に驚く。

『おめでとう、諸君、ここは人間を世の中に送り出すところ……人は皆ここから生まれていく。お前たちはもうじき「オギャー」と産声を上げて人間として生まれていくのだ』


「カット！」

「どうでした」

守が圭子に向かって問いかけた。

「もう一回」

圭子の命を受けて同じ演技がもう一度繰り返され、さらにもう一度、合計三度にわたって演じられた。

三人の後には美咲たち白の使者、和也や涼の演じる黒の使者、それぞれの舞台の上での初めての練習が続く。

みんな台本を持たずにしっかりと台詞を覚えてきていた。日本語がまだたどたどしいシンとリックだけが台本を見ながらの演技だった。

「はい、カット、これで一応全員終了ね」

三十分ほどの時間をかけて全員の立稽古が終わった。

しばしの沈黙の後、守が再び圭子に問いかけた。

「監督、どうでしたか」

圭子は厳しい顔で下を向き台本に何かメモをしていたが、守の声を聞きおもむろに顔を上げた。

「全員声が小さいわね、まっ、初めてだからしょうがないけど……みんないい、たとえば最初の三人の台詞は決して怒鳴るような台詞じゃないわ。むしろ本来ならば小さい声でつぶやくような台詞、でもその感情を持ったままで声は客席の奥まで届けなくちゃいけない、わかるわね」

「……はい」

守が小さくうなずく。

「ここがまずは演劇の基本よ、マイクは一切使わない、客席の奥まで声を響かせなければ観客には聞こえないわ。でも大声を出そうとするだけだと気持ちの機微が全く伝わらない、この二つを両立させて初めて役者が務まるというわけ」

「む、むずかしいですね」

兵助が目を丸くして不安そうに声に出した。

「あたしも大声は得意なんだけど」

「そうね、声の大きさだけなら原田さんは合格だけど、それだけじゃダメ」

琴は客席にあたるホールの一番後ろで圭子たちの会話を聞いていた。琴にとっても圭子の最初の言葉は胸を突いた。(そうか、台詞を覚えるだけじゃダメ、大きな声が出るだけでもダメ)。圭子流なのかもしれないが、舞台ではマイクを使わないという事もわかった。そんなに簡単じゃないんだ、はたして自分にできるのだろうか、琴は気を引き締める。

「その点、尾崎さんの演技を見習って。オーディションの時も、今の初稽古も、みんな見てわかったでしょ？　尾崎さんの台詞は小声で諭すような内容よ、でも腹の底から絞り出すように客席の奥まで響いてたでしょ」

その通りだった、尾崎の声は一〇メートル以上後ろにいた琴の耳にずっしりと響いてきた。まるで波が大きくなりながら岸辺に向けて押し寄せてくるように、遠くに行けば行くほどずしりと伝わってくる。

「でも、あたしたち今日が初めてなんだから、そんなに急にできるわけないじゃん」

圭奈がむくれた顔になって圭子にかみついた。

「初めてだから？」

「そうだよ、みんなちゃんと台詞を覚えてきてすごいじゃん、ほとんど台本なしで話してたじゃない」

圭奈はさらに口をとがらせてくってかかった。

「甘くない？　尾崎さんは経験者だけど、それだけじゃない、私にはわかる。この一週間でちゃんと練習してきたことが、そうですよね尾崎さん」

尾崎は表情を変えずに小さくうなずき、

「稽古を重ねなくちゃ本番で上手には演じられん、稽古で上手く演じるにはそれ以前に練習しなくちゃいけん、役者の基本じゃ」

圭子は尾崎の声を聴き聞き終えると再び圭奈たちに視線を向けた。

「原田さん、どれだけ練習してきた？」

「……」

「最初だからって気楽な気持ちで臨んじゃダメ、私たちは毎日稽古できるわけじゃないわ。週にたった二日、三か月後の上演まで何回会えるの？　数えてみて、やるなら中途半端な気持ちでなく、真剣にって初めに話したはずよ、時間は決して多くないの」

圭子の言葉は容赦なかった。大道具作りから何となくお祭り気分で楽しく過ごしていた団員は全員黙り込んだ。琴はみんなの姿を後ろから眺めながら自らも下を向いていた。琴もまた台詞こそ覚えてきたもののただそれだけだった。

（時間……もしかして圭子さん尾崎さんのことを……）

「あたりまえだけど、皆さんは素人です。最初に話したように私はこの劇の上演を中途半端にやるつもりはありません、遊びでやるくらいならやらないほうがいいと思っています。

「……」

圭子の話の前に全員が沈黙した。

「発声練習から始めましょ」

「発声練習って、よくドラマとかでやってる、あ・い・う・え・え・お・あ・お・ってやつですよね」

演劇経験のある涼が実際に大きな声で演じて見せた。

「そうね、でもあたし流のやり方でやってみるわ」

「どんなやり方ですか」

「よくある練習よ、声を腹の底から出すためのね、腹式呼吸ってやつ」

「出水さんこれをふくらまして」

圭子が取り出したのは祭りの屋台や駄菓子屋にある紙風船だった。

「紙風船ですね」

「そう」

涼が口をつけた紙風船は軽く吹いただけでこともなげに膨らんだ、圭子はそれを掌に乗せてみせる、わずかな重さの風船は圭子の掌の上で所在なさげにゆらゆらと揺れた。

「この風船に向かって声を出してみて」

「あっ、うん、何でもいい？」

圭子は涼の口のすぐ前に風船をかざした。

「私たちは黒の使者、お前たちをお迎えする！」

涼の口から出た大きな声は目の前の紙風船を揺らしやがてそれは圭子の掌から零れ落ちた。

「悪くはないけど、紙風船が揺れるようだとまだ腹から声が出ていない証拠ね」

「なるほど」

「じゃあ、全員でやってみて、二人組になって今と同じことをやる、風船が揺れたら腹筋を二十回、各グループ五回ずつ、それが終わったらホールの端と端に分かれて相手に聞こえるように腹から発声する、秀さんうるさくなるけどいいですか?」

稽古を見ていた秀さんが少し苦笑いをしながら。

「まあ……、いいだろ、ショップのお客さんがちょっとびっくりするかもしれんが、いいさ、思い切ってやってくれ。レストランが開店する夕方の五時までに片づけてくれりゃいい」

「ありがとうございます、それじゃ、みんな始めるわよ。あっそう、尾崎さんは、どうしますか」

圭子は尾崎に目を向けた。

「わしか、もちろん参加させてもらいますよ、腹筋は無理じゃがの」

「あかね、おじいちゃんとやりたい」

「早速ペア決定ね、じゃ全体、始め!」

圭子の一声でレストランホールのあちらこちらで練習が始まった、多くのペアが風船を揺らしては腹筋となった。

「きゃー何なの、これって罰ゲームみたいじゃない」

「ランサン、ズルシチャダメデス、ゼンゼンアガッテナイデース」

「リック、あんた、少しは手加減しなさいよ、乙女はか弱いのよ！」

「美咲ちゃーん、いくわよ、聞こえるか確かめてね」

　ホールの奥からは香澄の声が響いた。

『私たちは白の使者、あなたたちをお迎えします！』

「いいでーす、じゃ私もいきまーす」

『あの白い門をくぐっていくと人間の世界、素晴らしい世界があなたを待っていますよ！』

「香澄さん、どうですかー」

「声は大きいけど怒鳴ってるだけ、優しい声で！　でも大きな声で！」

「ひゃー難しい」

　ホールの各所で、メンバーの腹筋をする姿と大きな台詞の声が延々と続いた。トレーニングは秀さんの口にしたタイムリミットの五時直前まで行われた。


　午後の稽古が終わり五人は家路につきながら話をした。

「ねぇ、監督やたら怖くなかった？」

「美咲もそう思ったか、あたしも、それにしたってあんないい方しなくたっていいじゃないか、なあ」

「でも、監督の言ってることは間違ってないよ、僕らが甘かったんだ」

　守の言葉に兵助も同意した。

「はい、僕も台詞を覚えるのにいっぱいで、演技までは考えてませんでしたから」

「でも、けっこうな台詞の量だったのに、今日は最初だけしかやらせてくれなかったし、しっかり台詞覚えてきたことをわかってないんじゃない、な、琴?」

「う、うん……」

(ちがうのよ、圭奈、監督はきっと尾崎さんのために、尾崎さんが舞台の上に立てる間に少しでも早くいいものを創ろうとしてるの、尾崎さんにとって七月の上演は最初で最後になるかもしれない、いいかげんなものじゃ許されない)

琴は少しだけ不安を覚えた。まだたった三度目の稽古、それなのに圭子と圭奈、美咲の間にもう小さな温度差がある、この先は長いようで短い、でも短いようで長いのだ。

18　連帯

八ヶ岳の残雪を照らす光もまぶしさを増し、山間の町にも初夏のさわやかな風と若葉の緑が輝く季節になった。

まだ冷たい風の吹く中をスタートした劇団「AGAINST」。スタート直後は一歩一歩足元を確かめるような足取りだったが、走っていくうちにランナーの体が温まっていくように、季節が夏に向かっていく中全体の士気も上がっていった。

「完成したぞ！」

守が鼻先に黒いペンキをつけながらはつらつとした声を上げた。鼻先だけ黒いその顔はアライグマかさしずめ黒鼻のトナカイといった様相だ。最後のひとはけを塗り終えるところを見ていた大道具担当の他の四人が思わず顔を見合わせて笑った、それに続いて大きな歓声を上げた。

「やったー！」

大道具が完成したのは五月も終わりかけた最後の日曜日の事、ホールには真っ白に塗られた「誕生の門」、門の周りには天使をイメージしたデコレーションがつけられている。その横には真っ黒に塗られた「消失の門」同じように悪魔を連想する飾りが不気味さを際立たせていた。

「できたね」

美咲が得意げに言ってみせた。

「おお、なかなかの出来じゃん」

圭奈が兵助の肩を叩く。

「はい、みんなで頑張りました」

琴は完成した門を見ながらこれまでになかった不思議な感覚を覚えた。それは琴にとって初めてともいうべき何とも言えない気持ちだった。

（何なんだろう、この気持ち……）

琴は自分の心の中で自分の気持ちを整理すべく冷静になろうと努めた。

（この気持ち、とってもあったかい……そうだ、みんなで作ったからかも）

劇作りはまだまだ途中だ、マラソンで言えば折り返し点までも行っていない。今日は大道具が完成したに過ぎない、しかし、琴は幸せな気持ちで満たされていた。

（うれしい、何なのこの気持ちは）

琴の心をしっとりと満たしていたのは「達成感」、加えてそれより何倍も大きい「連帯感」である。琴は物心がついてからずっとピアノを友としてきた。もちろん美咲や圭奈、心を許せる友達もたくさんいたが、ピアノを弾いているときが琴の最も熱中できる時間だった、それゆえにピアノを奪われたから絶望したのだ。

しかし、ある意味ピアノの練習は孤独だ、言い換えれば自分一人の世界である。思い通りに弾けない焦燥感、上手に弾けた満足感、失敗をした屈辱感、琴なりに様々な思いを経験してきた。だが、そこに経験できなかったものがある、それが仲間と何かを成し遂げた「連帯感」だった。

大道具作りに琴は誰よりも積極的に参加した。右手一本で刷毛を握り、金づちを持ち、バランスを失いながら釘を打ちつけた。でも、一人ではできない、ペンキは塗れても、釘は誰かに持ってもらわなければ金づちは振り下ろせないのだ。そこには釘を持ってくれる仲間の存在が必要だった。琴は大道具を作っている最中に何度となくそのことを経験した、自分一人ではできないことが誰かの助けによってできるようになることを琴は実感した、そして今仕事を完成させたとき大きな喜びが心を満たした。

「琴、右手一本で頑張ったもんね」

「ううん、美咲が助けてくれたからだよ」

「そう言ってくれるとうれしいな、ありがと」

「私こそありがとう」


それぞれの分担も仕事を着実に進めていた。

「リック、シン、どうだい」

「カズヤサン、モウスグカンセイデス」

「二人でよく頑張ったよな」

「ハイ」

リックとシンはうれしそうに顔を合わせてうなずいた。二人の前には、劇中で使う小道具の数々が完成を待ち構えていた。

「一〇〇エンショップ、ベンリネ、ナンデモアルヨ」

「スリランカニモアルトイイデス」


衣装担当の香澄と智子そしてランもみんなの会話を聞きつけて完成間近の衣装をそれぞれが手にして会話に参加してきた。

「どうですか、これ、なかなか素敵でしょ」

香澄が手にしているのは白の使者の衣装、ランのデザインしたあの衣装だ。

「ほんと、素敵！　プロが作ったみたいです」

琴と美咲が感嘆の声を上げた。

「私のももうすぐ完成します」

智子が担当した黒の使者の衣装もほぼ完成に近いものだった。

「どうよ、いいでしょ？」

「ランさんのデザイン通りですね」

「そうよ琴ちゃん、二人とも才能あるわよね、あたしも感激」

「岩下さん、音楽と照明は？」

「ああ、決まったよ、今日の稽古からＢＧＭを流しながら練習できる、琴ちゃんの出る場面は充分時間をかけて選んだからね」

「うわー、楽しみにしています」

「それから、あかねちゃんのピアノも大切な場面で使うことにしたよ、しっかりレッスン頼むよ」

「はい、あかねちゃん真面目だから私が出る幕もないけど」

「いや、やっぱり先生がいないとね」

活気に満ちたホールに大きな声が響いた。

「みんな、お疲れ様！　お昼にしよう、お弁当持ってきてると思うけど今日はデザートを用意したよ、僕からの差し入れ」

「やったー」

ホールの中に再びにぎやかな声がこだました。

涼は裏方の仕事には入らず、「吉田ファーム」の秀さんと相談して稽古場のスケジュールを管理しつつポスターなどの宣伝活動を担当していた。そしてペンションを経営していた経験を活かして時折、メンバーに料理やデザートをふるまった、経費はすべて涼の持ち出しである。

七月の公演までは「銀河」を閉めて平日はアルバイトをしていた。車を使った宅配サービスの仕事である。土日が練習なのでペンション経営とは両立できない、しかし一人ぼっちとなった今は「ＡＧＡＩＮＳＴ」の仲間たちと一緒に活動していることが逆に心の支えだった。涼にとっても自分の作った料理をみんなが喜んでくれることは料理人として大きな喜びだった。


「琴、監督は？」

圭奈が周りを見渡して聞いた。

「午後から来るって」

「何で？」

「ううん、わからないけど」

「確か先週の日曜も午前中居なかったぜ、何だよ、あたしたちには休むなって言ったくせによ」

実際、先週と今日、二日にわたり圭子は午前の仕事を欠席していた。琴にも圭子が姿を現さない理由がわからなかった。

「何かきっとあるのよ、とにかくお弁当にしよう」

「ああ」

圭奈は少し納得のいかない顔で琴に向かって返事をした。


午後からは岩下の作ったＢＧＭを使って通し稽古が行われた。

「じゃあみんないくよ、長老が三人に生まれあとの未来を教える場面、台本見ながらでいいから、台詞に集中して。じゃ、用意……スタート！」


『ねえ、自分の運命が分かるって本当？』

『運命というほどではないが、未来の事を少しだけ予告することはできる、お前たちも知りたいのかい？』

尾崎の重厚な声がホールいっぱいに響いた。三人の後方、白と黒の門に立つ使者たちが三人をいざなうように交互に語りかける。

『おやめなさい、知らない方が幸せってことも世の中にはあるのですよ』

『それでも知りたがるのが人間の心というものなのさ』

三人は相談の末に自分の未来を知ることを望んだ。

圭奈がぴょんと台の上に上がる。

『じゃ、最初はあたしね』

尾崎が手に持った杖を振ると目の前に未来の映像が浮かび上がった、黒の使者が前に出て説明する。

『圭奈、勉強嫌い、両親共働き、タバコ、薬物、ケンカ、万引、家出の常習犯、警察の補導歴多数』

映像の中での圭奈は木刀を持って暴れまわっていた、この回想シーンでは智子が二役を演じて見せた。

台の上に乗って説明を聞いていた圭奈はおおげさに声を上げた。

『ええっ、あたし不良なの？』

『深夜、オートバイに相乗り、駅前を暴走、ハンドルを切り損ねて転落』

黒の使者がたたみかける。

『エー、死んじゃうの？　ばかばかしい！』

圭奈は少しやけになりながら台から飛び降りる。

後ろから見ていた琴には圭奈の演技が心なしか気のない演技に見えた。

人間の気持ちというのは本当に難しい、気持ちをコントロールするというのはそう簡単にできる事ではないのだ。

琴は小さな不安を覚えた。圭奈は表も裏もないそれこそ竹を割ったような性格だ、それが圭奈の魅力である。しかし、それゆえに自分の気持ちがすべて表情や行動に現れてしまう、そのことを琴は知っていた。うれしい時には思いっきり笑い、逆に不機嫌な時には人前でも平気でしかめっ面になる、それは圭奈の短所でもあった。部活を二年間で三度も辞めてしまった原因は少なからずそうした圭奈の性格にあった。

琴はさっき圭奈が口にした言葉が妙に頭に残っていた。

《何だよ、あたしたちには休むなって言ったくせに》

(大丈夫かな)

琴の心配はこのあと現実となって稽古場の雰囲気を凍りつかせることとなった。

「カット！」

圭子が演技を止めた。

「はい、カットです」

稽古をディレクティングしている涼が演技を止める。

「圭奈ちゃん、ヤル気ある？」

圭子が圭奈の眼を鋭く見据えて言い放った。

「今の演技、声の大きさとか、感情とか、そんなレベルじゃなくて、全然ヤル気が伝わってこなかったんだけど」

圭子はいつものように容赦なく言葉を投げた。

その言葉を聞いた圭奈はあからさまに不機嫌な態度で圭子に言い放った。

「ヤル気？　起きるわけないじゃん」

19　衝突

圭奈の言葉に稽古場のメンバー全員の視線が舞台の上に向けられた。

「何て言ったの？」

「やる気なんて出るわけないって言ったんだよ」

「やる気がないなら、辞める？」

「何だと」

「初めにそう言ったわよね、やる気がない人は必要ないって」

圭子も圭奈の眼を見て言った。

「ふざけんな、監督はあたしたちに勝手に練習を休むなっていったよね、でも先週も今週も午前中勝手に休んだじゃん、説明してよ」

圭奈が圭子を睨みつける。

「なるほど、それについては悪かったわ」

「何だよ、それ」

「理由は個人的な事だから」

圭子はわずかにうつむいてそういった後再び圭奈に向かって言い放った。

「それがやる気のない理由なら辞めたほうがいいんじゃない？　みんなに迷惑かけるだけでしょ」

その言葉を聞いた瞬間である、圭奈は舞台を駆け下りると圭子に掴みかかった、それは劇の中で木刀を持って暴れ回るつい今しがたの圭奈の姿そのものだった。

掴みかかられた圭子も全く動じない、二人は一瞬にらみ合ったまま硬直する、圭奈が力づくで圭子を壁に押しやろうとした瞬間、圭子が圭奈を払い腰の要領で床にたたきつけた。

「てめえ！」

床に倒れた圭奈は鬼の形相で再び圭子に掴み掛っていった、お互いに掴み合いながらもんどりうって倒れると交互に上になり、下になり、また上になった方が下になった相手を力任せに殴る。

「キャー」

美咲だろうか、香澄だろうか、ホールの中に悲鳴のような声が響く。

「やめて！」

「やめろ！」

琴と涼さらには守と和也も二人を止めに割って入った。しかし、二人の力は強く、ようやく体を分けることができたのは掴み合いが始まってから一分近くたった後だった。

守と和也に体を押さえられている圭奈はそれでも手を振り切ろうと暴れ、圭子に向かっていこうとした。圭子も圭子で全くひるまずやはり圭奈に向かっていこうとする、琴の右手と涼の力だけでは抑えきれないと見た岩下がさらに圭子の前に身を挺して立ちふさがりようやく二人を分けることができた。

「だいたい、ふだんから威張りやがって、せっかく参加してやったのに何だよ、監督なら教えてくれるのが仕事だろ」

「そんな意識じゃ甘いって言ったでしょ、ここにきてから教わるんじゃ遅いのよ」

実際、これまでの圭奈は台詞こそ覚えてはきたが、立ち位置や身振り手振り、そうした演技については毎回圭子から注意を受けていた。演技の練習を充分にしてこない圭奈に圭子はそのたびに容赦ない言葉を浴びせた。

「もう、我慢できねぇ、あたしは辞める」

「圭奈！」

琴が大きな声で圭奈の名前を呼ぶ。

「もう、離せ、暴れないから」

その言葉を聞いた守と和也はようやく緊張していた腕の力を抜く、自由になった圭奈は体に着いたホコリを両手で振り払うと背中を向けてホールの出口に向かって歩き出した。

「圭奈！」

琴がもう一度名前を呼ぶが圭奈は足取りを止めない。

「いいのよ、止めることないから」

「そんなこと言ったって」

琴は圭子の言葉に納得がいかずその眼に訴えかけた。

「じゃ、ちょっと休憩、十分後に再開するからね」

圭子はそういうと管理室の中へと姿を消した。

嵐のような出来事の後、ホールではメンバーがそれぞれに驚きと憶測を胸にお互いに話していた。

「こわかったわねー圭奈ちゃん男みたい」

ランが両手を胸の辺りですり合わせて震えて見せた。

「でも、監督も監督だよね、休んだんだから説明があってもいいと思うな」

美咲が圭奈を弁護する言葉を口にした。

メンバーたちの話す姿を横目に琴は管理室の中へと入っていった。管理室の奥に背中を向けて座っている圭子にゆっくりと話しかけた。

「圭子さん、いえ監督」

「ああ、琴ちゃんか」

圭子は椅子に座りながら振り向き琴の来室に応えた。

「このままでいいんですか？」

「いいって？」

「圭奈がいなくなるって事です」

「いいもなにもさっきの通り」

「呼び戻さないんですか」

「戻ってくれれば話すわよ」

「どうして練習を休んだんですか？　圭奈のいう事ももっともだわ」

「それについては謝るわ」

「圭奈は？」

「実はね、一度はこうなると思ってたの」

「どういうことですか」

「圭奈ちゃんはいい子だけど、性格にムラがありすぎる。練習もしてきてるようには見えない、このままなあなあでいったんじゃ絶対に良くない、いつかはぶつかって本気で向き合わなきゃって思ってた、それが丁度来ただけ」

「……」

「まあ、想定の範囲内ってとこね」

「とにかく、このままじゃみんなだって稽古に身が入りません」

「仕方がないわね」

　圭子はおもむろに立ち上がり、管理室の扉を開けてホールへ出て行った。メンバーが一斉に圭子に視線を投げかける。

「みんな、さっきは驚かせてしまったわね、稽古の続きをしましょう、じゃ、それぞれ位置について」

圭奈のいないままこの日の稽古は最後まで続けられた。

「ねえ、美咲」

琴は帰り道、美咲に声をかけた。

美咲は琴の顔を見るとその意を察してすぐに返した。

「うん、わかってる、行こう、圭奈のとこ」

「僕らも行こうか」

守がすかさず応援を申し出た。

「ありがとう、でも最初は二人で、永谷君たちがいるとかえって意地を張るから、ねっ、美咲」

美咲は琴の真意を悟り、笑顔で守と兵助に言う。

「そうそう、ほんっと！　素直じゃないんだから、さっきもメール送ったんだけど、返信は《辞める》って一言だけ」

「わかった、じゃ、何かあったら僕らにもメールで知らせて」

「ＯＫ！」

琴と美咲は帰り道に圭奈の家に立ち寄った。

圭奈は田舎町には珍しく小さなアパートに住んでいた、物心のつかない頃に両親が離婚し、父親と妹の三人で暮らしている。その妹も今は別れた二番目の母親の連れ子だという、あまりに複雑な家庭だ。生みの母親は顔さえも覚えていない。父親は精密機器のメーカーの工場で工員として勤めていた、生活は決して楽ではない、そんな生い立ちも圭奈の性格の一端を作っているのかもしれない。

外付けの鉄の階段を二階へと上がると琴は荷物を置いて右手でドアをノックした。何度目かのノックの後アパートの扉が小さく開いた。

扉が半開きになり白い上下のトレーナーを着た圭奈の体がようやく全身を見せた、顔は不機嫌そうでうつむき加減だ。

「何……」

「圭奈、戻ってよ」

「美咲からもお願いだよ」

「お断りだね、いくら琴の頼みでもあいつとはいやだ」

「でも、圭奈がいなくちゃ始まらないんだよ」

「気持ちは嬉しいけど、それに、こっちもそれどころじゃなくてな……」

「えっ何かあったの?」

「……」

「あたしたちには話してよ、美咲、相談に乗るよ」

圭奈はしばらく考えた後、うつむいていた顔をようやくあげてぽつりと言った

「父さんが……」

「お父さんがどうしたの?」

琴が心配そうに圭奈の顔を見やる。

「ここのところ病気で寝込んでるんだ……仕事も休んでて……」

「そうなんだ」

「家事とかどうしてるの？」

今度は美咲がやはり心配そうに圭奈に問いかける。

「もちろん、あたしがやるしかないよ」

「妹さんの送り迎えとかも？」

歳の離れた妹は保育園に通っていたことを琴は思い出した。

「ああ……」

「それじゃあ芝居の稽古どころじゃないじゃない」

「そうだよ、そう言えばよかったのに。理由がわかれば監督だってあんなに怒らないよ、美咲ならそうする」

「でも、そんなの言い訳だろ、あたし言い訳するのがこの世の中で一番かっこ悪いと思ってるんだ」

圭奈の言葉を聞いて琴と美咲は思わず顔を見合わせた、そしてなぜか少し安心したように笑みを浮かべた。

「圭奈らしいね、本当に意地っ張りなんだから」

「ほんと、ほんと」

「あたしはあたしなりに頑張ったつもりだったけど、あの野郎があんないい方するから我慢が出来なくなって」

「でも、掴みかかっていったのは圭奈が悪いよ」

「仕方ないじゃん、あいつが悪いんだ」

「一緒に謝ろうよ」

「うん、自分で言うのが嫌なら美咲が事情説明してあげる」

「それだけはいやだ、向こうが謝らなきゃあたしは謝らないからね」

琴と美咲は困ったようにまたお互いの顔を見合わせた。どうやら今日はここまでのようだ、琴は美咲に軽く目配せしてから言った。

「わかったわ、しばらく考えてよ。今日は帰るわ、来週の練習に出てきてよ、待ってるからね」

「待ってるからね、じゃ」

二人はそう言い残すとアパートの階段を下りていく。

圭奈はうなずかないままに二人の帰る背中を見つめ、やがてゆっくりと扉を閉めた。

20　真実

翌週の土曜日、圭奈は練習に現れなかった、また、翌日の日曜日の午前、圭子は作業の時間に姿を見せなかった。

昼休みになり、メンバーたちも心配してそれぞれの思いを声に出した。

「圭奈ちゃん大丈夫かな」

「心配ね」

和也と香澄が小声で話す。

「監督も頑固だからね、僕も思い切って言ってみたんです。監督が声をかけたら戻ってくるかもしれませんよって」

岩下が二人の会話に割って入る。

「監督は何て？」

二人の問いに、

「圭奈ちゃんが自分から来なければだめだって」

「このままいったら、上演に間に合わなくなるわ……」

二人の諍いがメンバー全体の士気にも影響しているのは明らかだった。作業していても稽古をしていてもみんなの心のどこかにあの日のいわば「修羅場」のような光景がよみがえっては燃え盛ろうとする気持ちの炎に水を浴びせるのだ。


「琴ちゃん」

「あっ、出水さん」

「ちょっといいかな、来てくれる？」

「あっ、はい」

　昼休みが始まってすぐ、出水は琴を管理室へと呼び出した。周りを気遣うように見渡したのち、出水はドアを静かにしめた。

「どうかしたんですか？」

　琴は不安な気持ちを押さえながら出水に問いかけた。

「実は、やっぱり心配だから今日の午前中、監督の後をこっそりつけてみたんだ」

「えっ」

「住所は聞いてたから、家まで行って」

「探偵みたい」

「まあね、でも気になるだろ」

「はい」

「それでね、行き先がわかったんだ」

「本当ですか？」

「うん」

　琴は思わず身を乗り出して出水の顔を食い入るように見つめた。

「もしもし、宗田先生ですか、お久しぶりです」

受話器越しに聞き覚えのある声が耳に飛び込んできた。

「校長先生、こちらこそ、こちらからお電話をしなくちゃいけないのに……どうもすみません」

突然の電話に少し驚きつつも圭子は努めて冷静に次の言葉を待ち構えた。

「聞きましたよ、山下君の家にずいぶんと出かけられたとか」

「……ええ、お詫びをしたいし、せめてお線香くらいあげさせてもらえればと。でもだめです、何度行っても門前払いでした」

「そのようですね、お辛かったでしょうに」

「自分の責任ですから」

圭子は電話越しに声を沈めた。

「お察しします、ところで、今日その山下さんから私に連絡がありましてね」

「えっ」

「私が同席するなら会ってもいいとおっしゃってるんです」

「本当ですか？」

圭子は電話であることを忘れて思わず身を乗り出した。

「あなたの誠意は全く伝わっていないわけじゃないんですよ。でも、子供さんをあんな形で亡くされて、そのいわば当事者のあなたをすぐに許せるかというと人間そんなに仏様じゃありませんん」

「ごもっともです」

「私の所にかけてくる電話も最初は訴訟の一点張りでした、でも今日初めてあなたに会ってもいいと言って下さいました」

「……」

「行きますか?」

その言葉を聞き、圭子は暗雲立ち込める中に一筋の光を見たような気持ちになった。再びさ迷い歩いていた絶望の森にかすかに差し込む細い光であった。

「はい、もちろん!」

「ただし、日時の指定があります、先方はお父様も同席できる日曜日の朝十時と指定しています、この時間にお願いします」

「日曜の十時……わかりました」

「では、次の日曜日、先方のお宅で十分前に待ち合わせという事にしましょう」

「わかりました、校長先生! ありがとうございます」

「いえ、私は学校の責任者です、あなたの事は私のことでもあるんです。あなたを守れなかったのも私です。まあ、一度で許してもらえることではないでしょうが、何度も何度も言葉と誠意を尽くして話せば必ず気持ちは伝わります。謝って元に戻るものではありませんが、とにかく一緒に頭を下げようじゃありませんか」

圭子は最後の言葉を聞き終えることができなかった、涙がとめどもなく流れ落ち自分ではどうにもできなかった。すすり泣く声を電話越しに聞こえないようにするのが精いっぱいだった。

「じゃあ、あの時話していた生徒の家に？」

「うん、一緒にいたのは校長先生じゃないかな」

「午前中来なかったのは謝罪のため？」

「だと思うよ、出てきたのは一時間ぐらい後だった。最後にも腰が折れ曲がるくらい長いこと頭を下げていたのを見た」

「……」

「というわけさ」

「それが三週間続いてるんだ……そんなの言ってくれたらいいのに」

「そうだな、それでどうしようかと思ってね、まずは琴ちゃんに相談したわけだ」

二人が話しているところにドアが開いた、入ってきた圭子は二人の姿を見て一瞬驚き目を開いた。

「あっ、監督……」

琴と涼は圭子にありのままに話をした。示し合わす時間は全くなかったが隠すことじゃない、そのままの気持ちと疑問を圭子にぶつけることに二人とも何の迷いもなかった。

圭子はうつむきしばしの沈黙の後、顔を上げて出水の顔を見つめた。

「そう、見ちゃったの、まさかつけられてるとは思わなかったわ」

出水より先に琴が詰め寄った。

「どうしてみんなに言わないんですか？　ちゃんと説明すれば圭奈とのゴタゴタもなかったかもしれないのに」

「死なせてしまった生徒の家に謝罪に行くから休みますなんて、そんな甘い事言えないわ。そんなの免罪符や言い訳にすぎない。私、言い訳することがこの世で一番嫌いなの、それならみんなにそしられて責められる方を選ぶわ」

「圭奈も同じこと言ってました、実は圭奈にも家庭の事情があるんです」

琴は美咲と一緒に圭奈の家に行ったことを話した。

「二人とも似たもの同士なだけなんです、お互いに本当は弱いくせに、表面では突っ張ってて。いいじゃないですか、言い訳したって。いいじゃないですか弱い所を見せたって。圭子さんは私に山荘でそう言ってくれたじゃないですか。私、圭奈を連れてきますから許してあげてください」

「彼女が謝ればね」

圭子も圭奈も根っからの意地っぱりなのだ、琴はそのことを悟り出水と一緒に管理室を出た。

「出水さん……ちょっと」

午後の稽古の最中に琴は圭奈を連れに出かけた。しぶる圭奈を無理やりというくらいに引っ張り出し稽古場へ連れてきたのは午後二時を過ぎた頃だった。

　圭奈が琴に手を引かれて渋々とホールに入ってきた、メンバー全員は歓待というより緊張した面持ちで彼女を迎える。やはり圭子のことが気になったのだろう、圭奈の出現を手放しで喜ぶには少しのためらいがあった。

　あらためて圭奈と圭子は舞台の前で対峙した。

「圭奈、監督に謝りなよ」

　出水は圭子に向かい、

「監督、圭奈ちゃんを許してあげてください」

　二人に促されながら、圭子と圭奈はお互いに口を結んだままである。それどころか初めは逸らしていた視線が次第にお互いを睨めつけるように空中でぶつかり合っていた。

「そっちが謝ってよ」

「まだ、そんなこと言ってるの」

　再びとげとげしい空気が流れ、あの日の再現が起きるような雰囲気だった。二人が互いの距離を一歩縮めようとしたその時だ。

　思いもよらぬ大きな声がホール中へ響き渡った。

「何よ、出水さん、ちゃんと説得しておくって言ったじゃない！」

「何っ？　そういう君だって自分が責任もって納得させて連れてくるって言っただろ！」

　声の主は琴、その声に返したのは涼だった。

二人は唇をかみしめ、顔を紅潮させながら睨み合う、体が震えているのが周りからもわかった。

「あれほど言ったでしょ、全く頼りにならないんだから！」

「ふざけるな、絶対仲直りさせるって豪語したのはどこのどいつだ！」

次の瞬間、顔をさっきの何倍にも紅潮させた琴の右手が出水の左ほおをものすごい勢いで打った。ピシッーっと鋭い音がホール中に響く、涼が思わず足元をふらつかせるくらいの力だった。

「この野郎、子供だと思って我慢してたけど許せねえ！」

涼が琴につかみかかった。

「仲直りさせるって言ったのはそっちじゃない」

二人がもんどりうって倒れたところを見ていた圭子と圭奈の顔色が変わった。

「おい、やめろ、何やってんだよ」

圭奈が琴を涼から引きはがそうと渾身の力を込める。

「やめなさい！　大の大人が女の子相手に何してるの」

圭子は涼を全身の力で囲い込む。

「離してよ！」

「離せ！」

圭子と圭奈の制止も効かずに二人はつかみ合う、止める力がなくなりかけてきたとき圭奈が思わず声を上げた。

「わかった、琴、謝るから、だ、だから離せ！」

ほとんど同時に圭子も声を上げた。

「出水さん、わかったから離して、圭奈ちゃんに戻ってもらうか……ら！」

息も絶え絶えに二人が声を発した瞬間、琴と涼の力が抜けた。

そして、ホールにこれまでにないほどの大きく重い声が響いた。

「カーット！！！」

21　和解

「みんな聞いたな？」

声の主は尾崎だった。

「聞いたぞ！」

「僕もです」

「聞いたわよー」

「あたしも聞きました」

「僕もだ」

「ボクタチモキキマシタ」

守が、兵助が、ランが、香澄が、和也が、そしてシンとリックが声を上げた。

「圭奈が謝るって」

美咲が飛び上がって叫んだ。

「監督も許すってさ」

岩下は手をメガホンのようにして声を天井にぶつけた。

「えっ、なに？」

「どういうこと？」

圭子と圭奈は唖然として口を開けたままホールの地べたにお尻をつけ周りを見上げた。

「ちょっと荒療治だったかの」

二人はまだ事態が呑み込めない様子であたりを見回した。

「二人ともあまりにも頑固でこのままじゃ仲たがいしたままになると心配してな、琴ちゃんのアイデアで一芝居うったんじゃよ」

「えっ、芝居？　うそでしょ、あれが？」

圭子と圭奈は琴と涼の姿を探した。

「痛かった？　ごめんなさい」

「いやぁ、痛烈だったよ、ほら、ここ見て」

琴と涼が笑いながら額を突き合わせて、真っ赤に腫れ上がった涼のほおを琴が優しく労わった。

「本当にごめんなさい」

「すごい迫力だったよ、さすが主役」

琴は圭子と圭奈の方に振り向いて言った。

「二人ともごめんなさい、でもどうしても仲直りしてほしかったの、私は二人に救われたわ、圭奈にはいつも励ましてもらったし、圭子さんには生きる勇気をもらった。だからこんなことでバラバラになるなんてどうしても耐えられなかったの。ダマすみたいで悪かったけどこれしか考えつかなくて、圭奈お願い、戻って！　圭奈がいなくちゃ『ＡＧＡＩＮＳＴ』はだめなの、だから勇気を出して謝って」

「……」

「監督、お願い圭奈を許してあげて、それから監督には悪かったけど、練習を休んだ理由もみんなに聞いてもらいました、私の思っていた通り、みんな何とも思ってないんです。そんな理由なら休めばいいって、休んだからって引け目に思わなくていいって、今まで通り厳しく指導してほしいって、だから、私たちに堂々と弱みを見せてください、そんな監督だからこそついていきますから」

琴は生きてきた中で一番激しく自分の思いをぶつけた、『ＡＧＡＩＮＳＴ』をここで止めてはいけない、向かい風に立ち向かわなくちゃいけない、そしてその風の先頭に立つのは自分なのだと。

「圭奈」

美咲に促されて圭奈がゆっくりと顔を上げた。

「監督、すみませんでした」

静かに、しかし、素直な声だった。

「監督」

涼に促されて圭子も顔を上げた。

「あたしこそ悪かったわ……戻ってくれる?」

「はい」

圭子の出した握手の手を圭奈が握り返した瞬間ホールに歓声がこだました。

「やったぜー」

「やったー」

「まるでテレビドラマみたいねーあたしも参加したーい」

ランの声が歓声をさらにはにぎやかな笑い声に変えてみせた。

向かい風に一瞬立ち止まった『AGAINST』は再び風に向かって歩み始めた。


大道具、小道具、衣装、照明、音楽と一通りのものが揃って毎週の通し稽古が始まったのは梅雨も間近六月に入った頃だった。爽やかな高原もひと時の梅雨に景色を湿らせやがて来る夏の訪れを待つ、そんな季節の入口であった。

「じゃあ今日はクライマックスをやってみよう、自分の運命を悲観して生まれるのをためらう三人に琴が運命の交換を訴える場面、一番大切な所よ」

　黒の使者が長老に報告を上げる。

『十月十四日、学校前の交差点において少女十二歳ダンプカーにはねられ即死しました』

『したがって欠員一名』

『誕生一名』

　長老が琴を指名する。

『琴、お前の番じゃ』

　白の使者が琴をいざなう。

『さっ行きましょ、私の手につかまって』

『いや、私行きたくない！』

　琴が半狂乱に近い演技を見せる。

『私怖い、生まれてすぐ死ぬのなんていや！』

『どうして死ぬなんて言うの？』

『だって私生まれて七日目に捨てられるんでしょ、駅のコインロッカーに、生きられるはずないわ！』

　アップテンポの不気味な音楽が流れる、上手からは白の使者たちが、下手からは黒の使者たちが交互に声をかけ琴を誘惑する。

『さあ、一緒に行きましょ、私が案内するわ』

『生まれるのが嫌なら黒い門をくぐればいい、そこを通れば消えていくだけだよ』

行くか、消えるか、選ぶ道は一つ。

琴は天を仰ぐと踵を返し圭奈に詰め寄った。

『ねえ、圭奈、取り替えて！　私と運命を取り替えて！』

『ええ、なんだって？』

『私ならちゃんと勉強する！　どんなにつらくてもヤケになんかならない！』

『そんな……』

『守、お願い！　取り替えて！　私なら踏切から引き返してくるわ！　精一杯生きて見せる！

兵助、取り換えて！　私、腕が無くてもいいの、ねえ、運命を取り替えて！　お願い！！』

琴は兵助にすがりつき泣き崩れる。


「カット！」

「どうですか、監督」

「うん、だいぶ良くなってきたよ、その調子で練習していこうよ、もっともっとよくなるから」

「はい、ありがとうございます」

「それからランさんね」

「あら、なに監督」

「もう少し高い声出ない？」

「どうして？」

「まだ男の声なんだな」

「しょうがないでしょ」

「だめ、特訓ね」

「はい、はじめ」

「一緒に行きましょ、生まれるのはきっと素晴らしい事よ」

「だめ、もう一度」

「一緒に行きましょ」

「声が裏返っただけじゃない、あと化粧も濃すぎ」

「キーッ悔しい」

　二人の掛け合いはまるで漫才だ、メンバーたちは毎回行われるこのやり取りをリラックスタイムにしていた。真剣なのはランだけだ、圭子の掌の上で踊っている。

　夏至も近づき稽古が終わった五時過ぎでもまだ外は明るく夕暮れには時間があった。

「じゃ、今日はここまで、みんなお疲れ様」

「お疲れ様でーす」

　終了の合図でみんなが帰り支度をしていた時だった、「吉田ファーム」の秀さんがホールのみんなに声をかけた。

「おーい、みんなお疲れ様、みんなに提案だ。公演のチケットが出来上がったんだ、できたらみんなで色を塗ってそのあとで封筒に入れて送る準備をしたらどうだ、明日は日曜日だし夕食は特別におじさんがごちそうするよ」

「えっ、ほんと、やったー」

秀さんの後に圭子が補足した。

「夕食の後、八時過ぎくらいまでの仕事になります、残れる人は残ってくれる」

「みんなどうするの」

守が琴に聞いた。

「たまにはいいかもね、家に連絡してみる、圭奈は」

「ああ、今日はおばさんが泊りに来てるから大丈夫」

「では、僕も残ります」

「あたしも残る！」

「あかねちゃん、あかねちゃんもお母さんから連絡があって、仕事が遅くなるから八時過ぎに迎えに来るって、手伝ってくれる？」

「はい、あかねも絵を描くの大好き」

結局、涼以外のメンバーは全員残ることになった。

「出水さんは？」

「監督、すみません、今日は『銀河』にお客さんが来るんです」

「あれ、七月までは閉めてるんじゃなかったの？」

「ええ、でもちょっと特別なお客さんがいまして、『銀河』に初めて泊まってくれたお客さんが来てくれるんです。僕が一人になってからなかなか来づらかったみたいで、でも昨日電話をもらいまして、一緒に飲みましょうって」


「マスター、ほんとに大変だったな」

「いいえ、結城さんこそ連絡ありがとうございます」

「一番いい酒を持っていくよ、愛ちゃんや雪ちゃんや空ちゃんたちには一番のお菓子をな……ぐすっ……」

「じゃあ、《四人》でお待ちしていますよ」

「ああ、明日は飲もう」


ホールではテーブルを囲んで夕食の準備が始まっていた。秀さんの漫画チーズやヌンチャクソーセージが卓上に並べられる、みんなで支度をする様子は大人たちの給食当番のようだ。コック帽を借りたあかねがぎこちなくスープをよそっていた。

涼はその様子を楽しそうに眺めながらレストランホールを出て、車に乗り込みエンジンをかけた。車を出そうとした時ふと目の前の空が気になった。

（うん？　妙に夕焼けが赤いな、きれいというより怖いくらいだ……）

空を彩る極彩色の夕焼けを見ながら涼は「銀河」へ向けて車を走らせた。

22 激震

「銀河」に戻った涼は車を降りると丘の上から眼下の町を見下ろした。ふり仰げばまだ空は明るく先ほどの極彩色の夕焼けは暗くなった分わずかに色を濃くしたが、それでも気味が悪いくらい空一面を彩っていた。

時は夕刻の六時前、涼は今夜やってくる結城のために夕食の準備に取り掛かった。台所の入口にある木製のキャビネットには愛、雪、空の写真が飾られていた。

「ただいま、雪、空、今日は結城のおじちゃんが来てくれるんだよ。なつかしいだろ、二人ともおじちゃんの事好きだったよな」

涼は写真に語りかけてからエプロンを身にまとった。

「さて、久しぶりに頑張るか、大事なお客さんだからな」

自分に気合を入れるように両手で両頬をピシャリと二回打つと料理の仕込みに入る。メニューは結城の好みに合わせて魚のソテーと普段は作らない筑前煮をふるまう予定だ。三か月前、結城の来訪を四人で迎えたのが昨日の事のように蘇る。

（また来てね、結城のおじちゃん）

雪と空のあどけない顔が目に浮かんだ。結城はまた訪れてくれるが、雪と空はもういない。涼は料理を作りながらまた淋しい思いに襲われてしまった。

一時間もたった頃、窓の外を見るとさすがに空の明るさも消え次第に夜の帳が八ヶ岳の山々に下りようとしていた。眼下の町も宝石を散らしたように光を瞬かせ始めている。

「約束の時間は七時だったよな」

涼は一通りの料理を作り終え手を洗いエプロンでその手を拭く、そして台所の入口に向かい歩きかけた瞬間、足元に妙な違和感を覚えた。

「うん、何だ？」

最初の戸惑いは数秒ののちに確信に変わった。

「地震だ……」

涼に違和感を与えた足元の揺れは瞬く間に波打つように建物全体を大きく揺らし始めた。

（でかい、こいつはただごとじゃないぞ……）

キャビネットが大きく揺れて愛たち三人の写真が床にたたきつけられガラスが飛び散った。家の中のありとあらゆるものが振動に抵抗できず床に散乱する。

（まずい、火は？）

涼は四つん這いになりながら厨房へと這っていった。

（よかった、止めてある）

火の元こそ止めてあったが、鍋の中の筑前煮も、フライパンの中のヒラメのソテーもあたり一面に飛び散り食器棚から耐えきれずに飛び出した数々の食器やグラスが音を立てて砕け散った。揺れは収まらない、さらに大きなうねりとなり今度は食器棚や冷蔵庫そのものをなぎ倒していった。

「吉田ファーム」では残った劇団員たちがレストランホールで夕食を取り終えチケットの封印作業をしていた。

「あれ、揺れてませんか?」

兵助の声に全員の手が一瞬止まった。

「ほんとだ、地震よ」

琴の声を聞く間もなく揺れは「吉田ファーム」のレストランホール全体に猛烈な勢いで襲いかかった。

「キャー」

あちこちから悲鳴が上がった。誰もが自分の体を支えきれない、琴はかろうじてテーブルの下に身を隠した。

その瞬間、天井のシャンデリアがガラスの凶器となってテーブルの上に降り注いだ。身を隠せた琴はまだいい、隠しきれなかった者は容赦なくガラスの破片を浴びた。テーブルの下から様子をうかがう、腕をガラスで切ったのだろうか香澄が血を流しながら床に倒れその上に和也が覆いかぶさるように香澄を守っていた、和也も頭に傷を負っているように見える。

木造のコテージ風のレストランは今までにこれだけ大きな揺れに出会ったことがなかった。鉄筋の建物と違いこの悪魔に対して対等に戦う術を持たなかった。建物全体が今まさにもろくも崩れようとしていた。

　誰からともなく大きな声が飛んだ。

「大変だ、建物が崩れるぞ！」

「外に出ろ！」

　その声を聞いた多くの者は這いつくばりながらも出口を目指す。しかし、それにも間に合わず逃げ遅れた者がいた、テーブルの下に隠れた琴もその一人だった。

　ミシミシっという音を立ててレストランはその体の半分を傾けるようにして今まさに崩れ落ちた！　砂ぼこりが辺り一面に立ちこめた。

　ようやく揺れが収まったのは一分もたった頃であろうか、琴はホコリの立ち上る薄暗い闇の中でかろうじて自分の身の存在を確かめた。

（助かった……）

（ほかのみんなは……）

「誰かいる?!」

　琴はテーブルの下から体をよじりながら立ち上がると大声で叫んだ。どうやら建物は全壊ではないらしい、立って歩ける程度のスペースがある、しかし、出口は見えず、電気も止まった中、小さな密室を作り出しているようだ、明かりは崩れた壁の隙間から差し込む程度だろうか、かろうじて物が識別できる程度の明るさだった。

「誰かいないの？」

琴はもう一度、声で仲間を探した。

「だれかいるかー」

建物の外からは逆に閉じ込められた琴たちに呼びかける声がくぐもったように耳に飛び込んできた。

「お・ね・え・ちゃ・ん……」

その時、外の声に交じって弱々しい声が琴の耳を覚醒させた。

「だれ、あかねちゃん？」

「いたい……」

「どこ」

琴は目を凝らした、そしてわずか一メートルほど先にテーブルに覆われるようにして倒れているあかねの姿をかろうじて識別した。

「今行くから」

琴はあかねのそばにたどり着いた。

「今助けるからね」

あかねの体を右手一本で抱き起そうとした時、

「いたい！」

あかねの声に琴は手を止めた。

「どうしたの、あかねちゃん、どこが痛いの？」

「手がいたい……」

琴は右手であかねの体を探る、するとあかねの右手のところに異物を感じた。

「手が挟まってるのね、今抜いてあげるから」

琴は右手であかねの上にある木材をのけようと試みた。しかし、琴の右手一本の力ではどうにもならない。何度も試みるが結果は同じであった。

「あかねちゃん、お姉ちゃんの力じゃ抜けないの、誰かが助けに来てくれるまでがまんできる？」

「……うん」

「えらいよ、一緒にいるから大丈夫だからね」

琴は右手であかねの左手を握りながらほおを寄せた。

その時だ、琴は異臭に気付いた、同時に外からのあのくぐもった声を再び耳にした。

「火が出たぞ！　消せ！」

厨房から出た火の手は倒れた建物の隙間に中をいぶすように煙を送り込み始めていた。

（大変だ……外へ出ないと……でもあかねちゃんが）

「だれか！　だれか助けて!!」

琴はあらんかぎりの声で叫んだ。しかし返事はない、さらにもう一度大声で叫んだが外からの反応はやはりない。

（どうしよう、私一人じゃあかねちゃんを助け出せない、でもこのままじゃ……）

その時だ、聞き覚えのある声が琴の耳に飛び込んできた。

「琴ちゃんね、でっかい声」

　聞き覚えのある声が暗闇に流れた。

「ランさん？」

「そうよ、早く逃げないと大変よ」

「あかねちゃんが手を挟まれて出られないんです」

「あたしに任せてよ」

　きな臭い煙が立ち込めていく中、ランは手探りであかねの手を押さえつけている木材を渾身の力で持ち上げた。琴一人の力ではびくとも動かなかった異物はランの力でわずかに持ち上げられた。

「な、なんとかなりそうよ」

「お願いします」

「いい、あたしが持ち上げて隙間を作るから、あかねちゃんの手を抜くのよ」

「わかりました」

「じゃ、いくわよ、せーの！」

　ランが渾身の力で木を持ち上げた、耳元でランのうなり声が聞こえる。さらなるうなり声と共にわずか二センチ程度の隙間ができた、琴はあかねの手を傷つけないように気をつけながらも何とかその手を抜きだすことに成功した。

「ぬ、抜けました！」

「ふーやったわね」

「ありがとうございます、ランさん！」

「お礼はまだ早……」

ランが返事をしようとした瞬間、あかねの体をとらえていた木材が今度はランの足首に崩れ落ちた。

「ヒャー」

「ランさん！　大丈夫ですか！」

「あら、今度はあたしみたい」

ランの苦しそうな声が聞こえた。琴は体であかねを包み、右手で木をどけようと試みた、しかし、太い柱であろうその木はあかねの時よりさらに頑丈にランの足をとらえて離さなかった。

「ランさん、持ちあがらない……」

琴は苦しげに声を上げる。すると、きな臭い暗闇の中からはっきりとした声が返ってきた、その声は息を切らしながらも力強い声だった。

「琴ちゃん、あかねちゃんを助けるのよ、わかったわね」

「でも、ランさんは！」

「オカマは結構しぶといから平気よ、とにかく今自由に動けるのは琴ちゃんだけなんだからね」

煙が先ほどにも増して三人の呼吸を苦しめた、せき込むたびにのどが痛い。

（どうしたらいいの、このままじゃ死んじゃう）

琴はあせった、助かるための手段はないのか？　もう声は出ない、煙は充満してくる。

ぼーっとしてくる頭の中で琴はあることに気が付いた。

「そうだ、笛！」

《始業式までに帰ってくることと、それから一日最低一回はメールを寄こすこと、その二つだけは約束させてくれ、あと防犯ブザーか笛を持たせろ》

信濃山荘へ行くときに両親から手渡されそれ以来持ち歩いていた笛、あれがあれば……。

「あかねちゃんちょっとごめんね」

琴はあかねの体を一時的にそっと横たえると右手で体中のポケットをまさぐった、そしてジャンパーの右ポケットに金属の冷たい感触を見つけた。

「あった！」

23　失意

「神様……お願い」

琴はあらんかぎりの息で思い切り笛を吹いた。

（お願い、だれか気づいて……）

今の琴にできる事は苦しさをこらえて笛を吹き続ける事だけだった。

「おい、何か聞こえないか？」

「笛の音だ、誰かが助けを呼んでるんだ、間違いない」

倒れた建物の外では助かったメンバーとレストランの客、それに近くを通りがかった車から降りてきた人たちで懸命の消火活動と行方不明者の捜索が行われていた。地震が起きてからわずか十分あまり、それでもその場にいた者たちは一致団結して救出活動に全力を注いでいた。

「静かにしろ、場所を確認する」

男は耳をそばだてると、聞こえてくる笛の音の出所を探った。

目をつぶり何回かの音を耳にとらえたのち、男は目を見開き指で指すとともに大きな声で叫んだ。

「あの辺りだ！　あの瓦礫の中から呼んでる！」

「おーい、みんな集まってくれ！　この下に人がいる、手伝ってくれ！」

「おお、任せろ！」

トラックから降りてきた町の若者がすぐさま呼応した。

「みんなも手伝ってくれ、とにかくここに火を近づけさせるな、集中して水を撒くんだ、男は少しでもいいから隙間を作れ、人が一人通れるだけでいい」

「あかねちゃん、だいじょうぶ？」

「……」

「もう少しだからね」

「……」

琴はあかねを抱きかかえながら薄れいく意識の中で懸命に笛を吹き続けた。

「銀河」はかろうじて倒壊を免れた。涼は台所の長靴に履き替えガラスの海を踏みしめながらようやく建物の外へ出た。丘の上から眼下の町を見る、あちこちから火の手が上がっているのがはっきりと見える。それは真っ暗な夜の海の中の揺れる怪しい漁火のようだった。

涼は恐ろしい光景にただただ佇む。経験したことはないが、ドラマや映画で見る空襲を受けている町を見ているのではないか、そんな錯覚を覚えた。

(吉田ファーム……みんなはどうなった?)

涼はポケットから車のキーをまさぐり取り出すと、夕闇の中を一直線に車を目指し走り出した。

「おい、どうだ、いけそうか」

男たちがその場にあった材木を利用し、てこの要領で倒壊した柱を持ち上げようとしている。

「おお、いけそうだ、よーし、せーの!」

十人近い男たちが懸命に瓦礫を持ち上げる、その周りには女たちが火を近づかせないようにこれまた懸命にバケツリレーを繰り返した。その中には圭子や圭奈、そして美咲の姿があった。

「よし、中が見えたぞ!　もうちょっとだ」

「ＯＫ！　灯りだ、灯り！」

「助けに来たぞ！」

琴はぼんやりとした意識の中で人の声を聞いた気がした。夢か現かわからぬままに、最後の気力で笛を吹いた。

「大丈夫か！」

男が木材の隙間から中に入り、琴とその隣に横たわっていたあかねをかつぎ穴の外にいる別の男に送り出した。

「おーい、助かったぞ、誰か確認してくれ」

その声を聞き、圭子が駆けつけた。そして、はっきりと琴とあかねの姿を確認した。

「琴ちゃん！　あかねちゃん！　助かったよ！」

圭子は琴の手を握り、体を揺すぶった。

「わ・た・し……助かったの……？」

「もう大丈夫、あかねちゃんもいるわ」

「おーい、救急車を、無理なら空気のきれいな所へ連れていけ、必要なら人工呼吸だ」

男たちの怒号は途切れることがなかった。

新鮮な空気を吸い込むにつれ琴は少しずつ意識を取り戻していく。

「圭子さん……あかねちゃん右手をけがしてる、けが」

「わかった」

次の瞬間、琴はあることに気づき一気に覚醒した。

「ランさん！　ランさんは？」

琴は思わず起き上がり叫んだ。

「ランさんが中にいるの！　私たちを助けてくれたの！」

「えっ」

「早くランさんを助けて！」

琴はススだらけの顔のまま体を起こすとつい今しがた自分が助け出された瓦礫の所に駆け寄る。

「琴ちゃん！」

琴が目にしたのは瓦礫の中から運び出されたランの姿だった、見る限り動かない、呼吸をしている気配もない、琴は青ざめた。

「ランさん、起きて！　お願い」

半狂乱でランにすがり付く琴を男たちが引き離した。

「人工呼吸だ、お嬢さん、安全な所へ移すから離れて」

運ばれた先で男たちが人工呼吸を必死に続ける、その時間は三十分以上に及んだ。

琴はわずかに離れたところから必死で祈り、そして煙で痛めた喉から絞り出すように声をかけ続ける事しかできなかった。

「ランさん、死なないで！　目を覚まして……お願い……」

どれくらいの時間が過ぎただろう。

ランは結局目覚めることはなかった。

混乱した状況の中、消防車はおろか救急車さえも駆けつけることができなかったのも災いした。

琴が、圭子が、圭奈が、美咲が、そして助かった残りのメンバーたち全員がランの周りに集まる。白いシーツをかけられたランの顔は煙を吸い込んだ割にはきれいで苦悶の表情も見られない。

「ランさん……ごめんなさい、あたしたちを助けようとしてくれて……」

琴はランにすがり泣き崩れた。その姿を見て他のメンバーたちも泣き崩れた。守は天を仰ぎ号泣し、美咲と圭奈は抱き合って泣いていた、兵助はうつむきながら涙のしずくを地面に滴り落とした。五人とも身近にいる仲間を失うことなど生まれてからこの方、初めての経験なのである。

その頃涼は山道の倒木に道をふさがれ立ち往生していた。積んであった鉄板を倒木に乗せては一本一本乗り越え、ようやく麓の国道までたどりついた。山を下りるまでに二時間以上を費やした、「吉田ファーム」に到着できたのは九時を回った頃である。

涼は車を降りるなりそのおぞましい光景を見つめ絶句した。

「吉田ファーム」は壊滅的だった。酪農工場は傾き鉄骨がむき出しになっている。牛舎も壊れ、逃げだした何頭もの牛たちがあたりをうろついている。特に木造だったレストランコテージはほぼ全壊の上、厨房から出た火が一時間近く消火されず辺り一面に焦げ臭いにおいが充満していた。

「出水さん！」

涼の姿を見つけた圭子が声を上げる。

「あっ、圭子さん」

「無事だったのね」

「ああ、何とか、みんなは？」

圭子はうつむいて、小さくかぶりを振った。

「ランさんが……」

「何だって」

「琴ちゃんとあかねちゃんと三人で倒れた小屋の中に閉じ込められて……」

「何てことだ……」

涼は言葉を失った。

「腕を挟まれたあかねちゃんを助けて自分が挟まれたんだって、琴ちゃんがすべてを見ていたらしいの」

「……今、どこに……」

「もう運ばれたわ……」

「ほかのみんなは？」

「ひとまず町の小学校へ行ったわ。緊急の避難所になるらしいの、誰も家族と連絡が取れてないから」

「そうか、けが人はいないのか」

「閉じ込められて助け出された琴ちゃんとあかねちゃんが病院に、あかねちゃんは手を挟まれてかなりのけがをしてる。香澄ちゃんと和也君も、あと尾崎さんも避難所じゃなく病院へ行ったわ」

涼は圭子の報告を聞きながらある一点に目をやった。

「秀さん！」

涼が見つけたのは崩れた建物の近くに佇む秀さんと奥さんの姿だった。

「涼ちゃんか……すまねえ」

「秀さん、おけがは？」

「おれは何ともねえが、おれがみんなを引き止めたばっかりにこんな目に遭わせちまった、なんて言って詫びていいか……」

秀さんは涼に頭を下げながら膝から崩れ落ちた。自分がメンバーを引き止めたこと、レストランホールの崩壊、ランの死、数々の出来事が秀の心に鉛のように重くのしかかった。すべての責任を背負うかのようにうなだれる秀、さらには牧場も工場もすべてを一瞬にして失ったのだ、絶望という思いが秀の頭の中を黒一色に塗りつぶしていた。

「秀さん……」

その時、雨も降っていないのに真っ暗な夜空を稲妻が走り、続いて雷鳴が鳴り響いた。その夜は何度となく大きな余震が襲っては時折雷鳴が地鳴りのように響いた。涼は帰りしなに見た極彩色の不気味な夕焼けを思い起こした。

中央アルプス地方を震源とする大型の地震はその規模マグニチュード7・9。地盤の弱い所では最大震度7を記録した。この地方を襲った大地震としては長野県西部地震以来の未曾有の災害となった。

不幸中の幸いだったことには、都市型の災害に比べ火災の発生が少なかったこと、海から離れているため津波の被害が皆無だったこと、また、偶然にもこの日の午前中に自衛隊の大型訓練が県内で行われており迅速な救出活動ができたこと、それらが負傷者を死亡者へと変えることを防いだ。

死者、行方不明者が十名というのは地震の規模からいって奇跡と言ってもいいかもしれない。しかし、その十名の中の一人がランであった。また、命こそ失わなかったが、あかねのような負傷者は五千人を超え、多くの住民が家を失い、避難所での生活を余儀なくされたのである。

24　行き先

地震から一週間後、ランの葬儀が営まれた。とはいっても、身寄りのなかったランとの別れは町内で亡くなった他の二人と町の公民館を借りての合同慰霊祭という形で執り行われた。個人的にランの葬儀を出す人はいなかったのである。

梅雨入り間近とは思えぬ程この日は初夏の太陽が熱いくらいに照りつけている。それはいつでも周りを笑わせてくれたランの明るい人柄が贈ってくれた最後の贈り物でありメッセージのようでもあった「にぎやかにあたしを送ってね」と……。

地震の後始末やけがの治療に専念し、バラバラに過ごしていた「ＡＧＡＩＮＳＴ」のメンバーたちの再会は「ランの葬儀」という悲しい形で実現した。

日曜日の正午、誰一人欠けることなくメンバーが集まった。式場に入り座席に着く、正面から目に飛び込んできたものはランの遺影。

誰が選んだのであろうか、ランの遺影となった写真は化粧っ気のない全くの素顔でとても「男らしい」面持ちであった。

誰もが言葉を口にできないほどの悲しみを抱えて順番に焼香を行う。

香澄と和也はともに腕と頭をガラスで切った、包帯姿も痛々しいまま二人して祭壇の前に立つ。二人して深々とお辞儀をするとすすり泣きながら席に戻った。

秀は焼香の後、しばらくその場を動かない。

「すまねぇ、ランちゃん……」

秀の言葉は周りに聞こえるほどの声であった。一分近くランの前にいた秀だったが参加者の誰もそれを咎める者はいなかった。

琴はあかねと一緒に祭壇に向かう、琴もまたあの日の光景が頭を離れなかった。

《琴ちゃん、あかねちゃんを助けるのよ、わかったわね》

《でも、ランさんは！》

《オカマは結構しぶといから平気よ、とにかく今自由に動けるのは琴ちゃんだけなんだからね》

ランがもしもあの場にいなければ自分もあかねも間違いなく助からなかった、琴はランが自分たちの代わりに命を落としたのだ、そう思った。

「ランさん……ありがとう……」

琴も秀と同じようにランの遺影の前でしばらく動けずにいた。右手を包帯でつったあかねが左手で琴の制服のスカートを引っ張り、琴はそれに気づくとあかねの頭を右手で撫でようやく祭壇を後にした。

焼香を終えたメンバーは公民館を出て近くの公園に集まった、もうみんなが集まれる稽古場もホールもないのだ。

コの字型に組まれた三つのベンチにそれぞれが腰を掛ける。

「みんないる？」

圭子が第一声を放った。

「リックガカエリマシタ」

「どうしたのかな？　シン君、聞いてる？」

「アメリカニカエルトイッテマシタ」

「相当ショックだったみたいなんです、確かリックはアメリカの東海岸の出身て言ってたから、ほらあの辺りって西海岸と違って地震がほとんどないところでしょ、リックは生まれて初めて地震に遭ったらしいんです」

　リックとシンといつも一緒に仕事をしていた和也が圭子に説明する。

「無理もないか……」

「地震に慣れてる僕らだってあんな恐ろしさは経験なかったですからね」

「確かに……」

「監督、どうするんですか？」

「みんなはどうしたい？」

　しばらくの沈黙の後和也が言葉を口にした。

「残念だけど、もう無理なんじゃないかって……」

「和也さんと話したんですけど、ランさんが亡くなって、『吉田ファーム』もあんなになって、あたしたちもあかねちゃんもけがを……今は演劇なんて言ってる場合じゃないのかなって」

　香澄が控えめな声で和也の意図を丁寧に補足する。あかねは挟まれた右手を骨折していた、全治には三か月以上はかかるという。

「僕も同じです、これから家を失くしたお客さんを助けるのに仕事も倍ぐらいになりそうなんです」

「岩下さんの仕事はこれから確かに大変ね、出水さんは？」

「ランさんはもういない、リックもいなくなるかもしれない、それぞれみんな後片付けで大変だよね、『銀河』だって一週間でまだ半分も片付いていないんだ、高校生のみんなは受験だってある、辛いけどこのまま劇を続けるのは難しいんじゃないかと思う」

涼はうつむきながらゆっくりと現状を話した。

圭子は次々と話される話をうなずきながら聞いていた。圭子自身も劇団の存続は難しいと考えていた。今までの教師生活の中でも部活を指導する中、様々なトラブルや壁はあった。それこそ圭奈との衝突のようなことだって、時には部員がいなくなりかけたこともある、どれも圭子にとっては乗り越えてきた障害だった。しかし、今回の出来事はそんな圭子の経験など一度にふっ飛ばすような大きな出来事だ。全員がそれぞれの家庭の事情を抱え、またランの死という心の傷を負っていた。このまま続けて頑張ろうとは圭子の口からは言えなかった。

「稽古場もなくなっちゃったしね」

智子が追い打ちをかけるようにつぶやいた。

しばらくの沈黙の後圭子が決断したように顔を上げた。

「みんな、ありがとう。話を聞いてこれ以上は難しいとわかったわ、ひとまず今日ここで解散しましょう。短い間だったけど皆さんに出会えてよかったです、厳しいこともたくさん言ったけどよくついてきてくれました。特に圭奈ちゃんとの一件ではみんなに助けてもらったわ、なんて素敵な人たちなんだろうと思った。みんなそれぞれ大変よね、家族や親類を亡くした人こそいないけど、出水さんみたいに家がメチャクチャになった人もいるし……それに何よりあたしたちは大切な仲間であるランさんを失った、これ以上の悲しみはないはず」

「監督……」

「仕方がないことよ、出水さん」

「残念です……」

圭子を見つめる涼の声に圭子は続ける。

「ひとまずそれぞれが自分の場所に戻って頑張りましょ、何よりもけがをしている人は早く治してね」

メンバーが次第に圭子の顔に視線を合わせていた、そして再び発せられるであろう最後の「解散」という言葉を待つように手を握りしめていた。

「じゃ、劇団『ＡＧＡＩＮＳＴ』、解さ……」

圭子が解散を宣言するその瞬間だった。

「ちょっと待って！」

大きな声にメンバー全員がその主を探した。

声の主は琴だ、琴は圭子を見据えて言葉を投げた。

「私、続けたい！」

その声にみんなの目がハッと見開いた。

琴は右手を握りしめ震えながら続ける。

「私はランさんに命を救われました。ランさんがいなかったら、ここにいなかったと思う、それから監督にも命を救ってもらいました、私がピアノを奪われて絶望しかけていた時、監督に会わなければどうなっていたかわからない、私はこんなに短い間に二回も命を救ってもらったんです」

次第に感情が高ぶってくる、目からは涙があふれ出している。

「そして教わったの、絶望しちゃダメなんだって。人間は絶望したら終わりなんだって、私は二人から生きる勇気ももらった、だから今度はその恩返しがしたい。もしここで解散をしたらランさんに何て言って謝ったらいいか……ランさんもそれは望んでいないと思うんです！」

琴の言葉は終わらない、このわずか四か月間のありとあらゆる出来事が琴の感情を揺さぶり思いを声として出させた。このまま終わっちゃいけないんだ、このまま終わっちゃいけないんだ、心の奥で自分に言い聞かせながら続ける。

「監督、みんな、お願いです、最後までやらせてください！　監督は最初みんなに、人に希望を与えるのを目標に劇を作るんだと言いました、それが一番大きな目標だと言いました、その言葉にみんなついていくって決めたんです。今がその時じゃないかと思うの！　多くの人が絶望しかけている、だからこそ、その人たちに少しでも希望をあげたい、恩返しがしたい。お願いみんな辞めないで！」

「琴ちゃん……」

琴は思いのすべてを吐きだすと涙を拭うことなく圭子たちメンバーの顔を一人ひとり真剣に見つめた。

水を打ったような長い沈黙、それを破ったのは守の声だった。

「僕も……やりたい」

「永谷君……」

「僕も今まではあきらめてました、でも今の村上さんの言葉を聞いて考え直しました、あきらめるには早すぎるって。実はまだ僕ら何もしてないんじゃないかって」

「でも、稽古する場所すらないのよ、道具や衣装だって全部だめになったし」

智子が冷静に口をはさんだ。

「いいじゃん、ここでやれば」

圭奈だった。

「あたしもやりたい、琴はあたしとちがって不自由な手でよく頑張ってたよ。逆にあたしが琴に教えられたんだ、やるなら真剣にやれってね。稽古は場所がなくたって野っ原でもできるし、道具や衣装は作り直せば済むことじゃない」

圭奈の言葉を聞いて美咲と兵助も同意した。

「あたしもやりたいな」

「僕も原田さんと同じです」

　五人の言葉に気持ちを動かされながら圭子は慎重に考えていた。圭子には琴の言葉が心から嬉しかった、まるで本当の生徒から言われているみたいで自分が学校現場に戻ったような錯覚さえ覚えた。しかし、感情だけで決めることはできない、今の状況では学園ドラマのシナリオは通用しないのだ。しばらく考えたのちに圭子は決断しメンバーの顔を見渡してこう告げた。

「琴ちゃんたちの気持ちはわかったわ、私が教師でここにいる人たちみんなが演劇部の生徒なら今の言葉を受けて続けようと思う。でも、ここにはたくさんの大人がいる、シンやリックみたいに育った環境の違う人もいる、あかねちゃんという小学生もね、だから、あたしからみんなに強制することはできないわ」

「……」

「だから、こうしましょう、皆さん一週間よく考えて下さい。そしてもしこのまま続けて参加してくれるなら、一週間後の日曜日の正午ここにもう一度集まってください。ただし、一つお願いです。まずは皆さんの生活、皆さんの仕事、皆さんの家族のことを第一に考えてください。『AGAINST』はそのあとです。そこだけは決して間違えずに、絶対に無理をしないでください。家族の承諾をもらうことも参加の条件とします」

　圭子の出した結論だった。

「いいわね、琴ちゃん」

「はい」

「初めて会った時からずいぶん大人になったね」

「そんなことないです」

ひとまず解散を避けられた安堵と圭子が出した冷静な結論に琴はようやく落ち着きを取り戻した。

「涙拭きなよ」

美咲がハンカチを差し出した。

25　再会

圭子が提示した一週間が過ぎた。

日曜日の朝、約束をして落ち合った琴たち五人は汗ばむ陽気の中を公園へと向けて歩き始めた。

「琴、体の具合はどう？」

「うん、もう大丈夫」

「体もそうだけど、気持ちの方も」

「そうね……でも、それはみんな一緒だし、立ち直らないといけないよね」

琴は自分に言い聞かせるように笑顔を作ってみせた。

「うちの人も心配したでしょ」

「まあね、美咲こそ許可もらえたの？」

「うん、勉強しっかりするっていう約束でね」

「よかったわ」

「あたしも、このままじゃ中途半端だと思うんだよね」

「うん」


この一週間で町の主要なライフラインは復旧し全体的には落ち着きを取り戻した。しかし、数時間おきに繰り返す余震はいまだに住民の気持ちを日々脅かした。五人の中で家が無事だったのは琴と美咲だけである。守と兵助の家は半壊し、倒れることはなかったけれども倒壊の危険ありと判断されたアパートの圭奈とともに避難所の生活を続けている。


「圭奈たちはいつごろ戻れそうなの」

「あたしんとこのアパートはぼろかったし、多分無理じゃない」

「戻れないって事?」

「ああ、危ないし」

「お父さんは?　具合悪かったじゃない」

「うん、でも病院に入れてもらえたから。おばさんが世話しに行ってくれてるし、あたし自身は家事がなくなった分かえって楽なんだ」

「妹さんは?」

「うん、避難所だよ。寒い時じゃなくてよかったよ、永谷君は？」

「僕の所も当分戻れそうにないな」

「僕もです、でも、清森小学校の体育館から県民センターへ移れるそうです」

「そうなの、少しは良くなりそう？」

「体育館よりは快適みたいです」


五人はそれぞれ地震の日の出来事、ランの死、参加を続けるかの決断を家族に伝え相談した、そして、皆が承諾を得ることができ約束の日を迎えた。


「こんな状態で演劇どころじゃないって言われるかと思ったんだけど」

「だけど、何、永谷君？」

「うん、両親ともに参加しろって言ってくれたんだ。こんな時だから逆に何かをするべきだって、うれしかったよ」

「いいご両親ね」

「村上さんの言葉を伝えたんだ。僕の両親も昔大きな地震を体験しててね、災害の後っていうのは当たり前だけど人間の心が冷え込むんだって。不安だし、家やお金のこと考えると結局何もせずに誰かの援助を待つだけ、そんな気持ちになるんだって」

「うんうん」

守は父親の言葉を思い出してみんなに伝えた。

《そういうときこそ動くことが大切なんだ。人間は動かないと考えてばかりいることになる、それもだいたい悪い事ばかりだな。お父さんもそうだった。でもそんな時はとにかく動くんだ、何でもいい、周りの人に声をかけるのでもいいし、避難所の掃除をするんだっていい、お父さんはまだ学生だったから炊き出しを毎日手伝ったんだ。すると不思議なもんでな、冷えていた心が次第に暖まってくるんだ、同時に不安も薄らぐ、みんなと一緒に頑張ってこい》

「ほんと素敵なお父さんね」

「それでね、ボランティアをしてる時に母さんと知り合ったんだって」

「きゃ、なんてロマンチック！」

「美咲、何言ってんの」

守の話に勇気づけられながら琴たちは公園へと足を進めた。

「みんな来るかな」

圭奈が心配そうにつぶやく。

「全員は無理よね」

「また役者集めからスタートですね」

「誰か来てるといいけど」

それぞれが期待と不安を抱えながら集合場所の公園に着いたのは正午のわずか二分前だった。公園には圭子が待っていた。

約束の時間に集まったのは圭子と琴たち五人の合わせて六人、お互いに顔を見合わせる、懐かしさや安堵と共に淋しさが垣間見える。

「みんな来なかったね」

「仕方ないわ、あたしたちだけでまた人集めから始めましょう」

「ちょっと淋しいよな」

美咲と琴の会話に圭奈も加わる。

「監督、また初めからやり直しですね」

琴は圭子を慰める気持ちで言った、でも一番淋しさを感じていたのは琴自身かもしれない。「ＡＧＡＩＮＳＴ」がスタートしてわずか三か月、週にたった二回の付き合いだ。しかし、それは今まで生きてきた中でも最も濃い日々だったような気がする、あのピアノと格闘していた長い年月よりも。

「来るよ」

圭子が事もなげな様子で琴にそう言った。

「えっ？」

「出水さんから携帯に連絡があった、マイクロバスでこっちに向かってるって」

「本当ですか？」

「うそついてどうするの」

「ちょっと信じられなくて……」

琴が目を見開いて圭子を見つめた時。

「あっ、バスだ」

守の指さしたバスは公園広場のわきの道に止まるとゆっくりとスライドドアが開いた。

真っ先に出てきたのは和也だった。

「こんにちは、遅れてごめんなさい」

「こんにちは」

香澄だ、そして次から次へとバスを降りてくるメンバーたち、智子が、岩下が、あかねもいる。

「あかねちゃん！」

尾崎が続き、そのあとに見えたのは
「リック！　リックが戻ってきた！」

シンが続いて降りてくる、涼は運転席から廻って合流した。

「何、これ、もしかして全員じゃない？」

圭奈が信じられないといった顔で兵助の顔を見た。

「そうです、全員来てくれたんですよ！」

二人は思わず抱き合った、思わぬ成り行きに兵助は顔を真っ赤に染めた。

「みんなお帰り」

圭子が声をかけると全員が一度に呼応した。

「ただいま！」

「出水さん、どういうこと？」

圭子が開口一番尋ねた。

「この一週間でみんなと話したんです、というか説得かな、僕の場合時間はたっぷりあるからね」

「すごい行動力ね」

「みんな確かにいろんな心配を抱えてる、あの時はきっと僕も含めて気持ちが冷え切っていて演劇どころじゃなかったんだ。でも、みんなと話していくうちに気付いた、辞めたからってその時間に何するのかって、『AGAINST』に参加しながらほかの事も頑張ればいい事じゃないかって、みんなも同じ思いでした」

「リックはよく戻ってきたね」

「シンが説得してくれたんだ、なっ」

「ハイ」

「ジシン、コワカッタ……ボクハニゲダスツモリダッタ、ダケドヤッパリヤル」

「お帰り、リック」

「ハイ、タダイマ」

「出水さんありがとう、正直全員が戻るとは思ってなかった」

「どういたしまして、僕だって監督に命を救われた口ですから」

涼は思い切り笑顔を見せた。

「それと監督、琴ちゃんたち、僕からお願いがある」

「何ですか？」

「みんなに力になってほしい人がいるんだ」

「誰ですか？」

涼がマイクロバスの方を振り向いた、スライドドアがゆっくりと開くとそこから降りてきたのは秀と奥さんだ。二人はバスを降りるとメンバーたちに深々と頭を下げた。

「秀さん！」

琴たち六人がバスの方へ駆け寄る、残りのメンバーが後に続いた。

「みんな、本当にスマン。おれがみんなを引き止めなけりゃ、あんな怖い目に遭わなくて済んだのに。コテージもまさかあんな地震が来るとは思わなかった、耐震工事が不充分だったんだ、みんなおれのせいだ」

「秀さん、秀さんのせいじゃないわ。謝るどころか、私たちそれまでにどれだけ秀さんのお世話になってるんですか。きっとたくさん迷惑もかけたでしょうし、謝るのは私たちです」

琴は秀の手を右手で固く握って思いを伝えた。

「そうよ、吉田さんにはなんてお礼を言っていいのか」

圭子も両手をその上にかぶせた。

「おれも何もかも失くしちまった……何もできないけど仲間に入れてもらえねえか」

「もちろんです！」

「ありがとよ、母ちゃん、みんな許してくれるってよ」

秀は横にいた奥さんと抱き合って涙をこぼした。

「秀さん、一緒に頑張りましょ」

「香澄ちゃん、ありがとよ」

「また、マンガのチーズ作ってくれる？」

右腕にギブスを巻いたあかねが秀の顔を見上げて人懐っこい笑顔で問いかけた。

「おお、あかねちゃん、作るとも、ヌンチャクソーセージもな、作ったらきっと食べてくれよな」

秀さんの顔はもう涙でグチョグチョだ。

「みんな、戻ってきてくれてありがとう。稽古場も上演の予定も今はまだ何もないけどみんなが戻ってきてくれたことが一番です、ランさんの分まで一緒に頑張りましょう」

圭子の呼びかけに大きな歓声が上がった。ガッツポーズをする者、ハイタッチをする者、飛び上がって喜びを表す者、それぞれが誰も欠けることなく再会できたうれしさを共感していた。猛烈な逆風にひざまずきそうになった劇団「ＡＧＡＩＮＳＴ」は今ここに向かい風に向けて再び歩み始めた。

26 疲労

地震から二週間が過ぎたが町はまだ正常な日常生活を取り戻せずにいた。水道、ガス、電気といったライフラインこそ復旧したが、人々は壊れた家の後片付けや慣れない避難所での生活に疲れを感じていた。

守、兵助、圭奈の三人も避難所の生活を続けていた。学校は今日になりようやく再開されたばかり、梅雨の湿った空気は空調のない公民館の会議室をじっとりと覆い人々の気持ちを重たいものにしている。

「みんな疲れてるなあ」

「ああ、もう二週間だもの」

守と圭奈が椅子に腰かけ会議室を見回してつぶやく。部屋のあちこちでは目もうつろなお年寄りたちが目につく。疲れはもちろん体だけのものではない、何よりも心が疲れているのだ。いつ戻れるのかわからない我が家、プライバシーのない毎日、硬い床に敷いた寝具の上では安眠も難しい。何よりもこの先のおぼろげな不安がかすかな希望を打ち消してしまう。守たちはそれでも若さが気持ちを支えていた、しかし、年老いた人々はその希望を持つことさえも困難だった。

「僕、おばあさんと話してきます」

「兵助のとなりにいるあの人？」

「はい、ここに来て知り合いになりました。もともと近所に住んでたんです、でもここのところ元気がなくて心配です」

「あたしも行くよ」

「僕もだ」

三人は部屋の隅に淋しげに腰掛けるおばあさんの所へと足を進めた。

「みよしさん、こんにちは、細川です」

兵助の声に気づくとおばあさんは、微かに微笑みながら返した。

「ああ、こんにちは」

「ちょっと元気がないみたいで心配です、大丈夫ですか」

「ああ、腰が痛くてねえ、体中が鉛みたいに重いわ」

「僕、腰をもんであげます」

兵助はみよしの背中に回ると耳元で声をかけながら腰をゆっくりと揉みほぐした、小さな体をいっぱいに使って、優しく、心を込めて。

「ありがとさんよ、気持ちええわ」

「元気出してね、おばあちゃん」

圭奈の声かけにみよしはうつろげに答える。

「元気出したいんだがのう……あたしゃもう疲れたよ、どのみち独り身だし、このまま死んでもええわ……」

「ダメですよ、そんなこと言っちゃ、きっと家に戻れますから」

守が何ともいえないやるせなさを胸に言葉をかける。窓の外は湿った細かい雨が降り続いていた。

「ＡＧＡＩＮＳＴ」のメンバーが再び集まったのは六月の終わりの土曜日、場所は再会した町の公園。屋外での稽古も辞さずと皆、気持ちを奮い立たせたあの日だったが、日々の雨は気持ちを沈ませる。公園のそばにある集会所を借りることができたのが一つの慰めになったといえよう。コノ字型に組まれたひび割れた五つのテーブル、安い丸椅子に腰かけてそれぞれ近況を伝え合ったそのあとである。

「監督、これからどうします？」

「やれることからやるしかないわ」

「でも、練習しても見てもらえるあてもないし、第一稽古の場所すらままならないでしょう、みんなの気持ちが冷めないように何か考えましょう」

涼と圭子の会話を聞きながら琴は考えていた。最後までやりたいと訴えた自分、その思いに応えてくれたメンバーたち、しかし、現実を目の当たりにすると琴の気持ちの中に迷いが生じていた。

（ああは言ったけど、本当にできるのかしら、それより、何のためにやるの？　私は自分の自己満足のためだけにみんなを巻き込んだのかもしれない……）

しととしとと降りやまぬ雨が琴の気持ちをも湿らせる。

「練習場所がないとやっぱりつらいですね」

和也のつぶやきに香澄と智子も無言で目を合わせた。

メンバーの沈んだ様子を見て圭子が何かを決意したように口を堅く結んだ、そして顔を上げるとあらためて全員に向けて語りかけた。

「みんな」

全員の視線が圭子に向いた。

「例えばね、プロ野球に当てはめてみましょうか。優秀な監督と無能な監督の違いって何だと思う？」

突然の問いかけに全員が一瞬口をぽかんと開けた。それはふいに投げかけられたクイズ、圭子は何を言おうとしているのか。

「そうですね、例えばゲームを読む状況判断力とか、ここ一番の決断力とか、あとは選手の起用の上手さかな」

和也が悩んだ末に答えを口にしてみせた。

「なるほどね、じゃ手嶋君があるチームから監督のオファーを受けたとしましょう、前年は最下位、選手層も薄い、球団はお金もないので補強もままならない、球場はおんぼろよ、どう、引き受ける？」

「引き受けてもいいけど、それなりの補強をしてもらうのが条件ですね、今のままじゃ戦えない」

「でも、球団は貧乏なのよ」

「そうか……」

「あたしは思うの、いい選手やお金があればそれなりに強くできる、監督がどんなにヘボだとしてもね。そんなお金や戦力があれば誰だって苦労しないわ、優秀な監督は今ある戦力でどう戦うかを考えるのよ」

「じゃ、僕たちは力のない選手ってことですか」

「ごめん、ごめん、たとえが悪かったわね、みんながだめだなんて言ってるわけじゃないの。私が言いたいのはないものをねだっても仕方ないって事、稽古場がないと嘆いても出来るわけじゃない、お膳立てされた公演場所がないからって嘆いても誰かが用意してくれるわけもない。自分たちの出来る中で何をするのか考えないとそんな会議は不毛よね、そう思わない？」

　圭子の言葉は明快だった。何から始めていいのかわからずにもやもやとしていたメンバーの心の霧をふっと拭い去ってくれた、琴はふとそんな気がした。

「そうだ、僕たちは今何ができるのかを話し合わなきゃ」

「その通り、ようやく前向きなミーティングに入れそうね」

　メンバーの気持ちにようやく熱が入った。

「ところで尾崎さんは？」

　尾崎の不在に気付いた香澄が圭子に問いかけた。

「今日はお休みよ、体調がよくないんだって」

　その言葉を聞いた琴は大切なことを思い出した。思わず圭子を見る、圭子も琴に何かを伝えるように小さくうなずいた。

（尾崎さん……）

　すっかり忘れていた、尾崎には時間がないのだ。舞台に立ち、最後の雄姿を尾崎に見せてもらわなければいけないんだ。今のままでは七月の上演は難しい、いや、不可能だ。だがこのままあてもなく時間をつぶしていては……。

「監督、もう一度みんなで目標を立てましょう」

　圭子が琴の眼を見て少し微笑んだように見えた。

「そう、何をするのにも一番大切なものはそれ、琴ちゃん、もう一つ大事なものがあるわ」

　琴は考えた、集中して、集中して、答えを探した、そしてそれを見つけた。

「目的……目的です」

「正解よ、何のためにやるのか、そしてそれを成し遂げるにはどんな目標をたてるのか、そしてその目標は大きく分けて二つ、一つは内容、もう一つは時間、これがなければだらだらとやるだけ」

　目的、ここにきて全員がその言葉にはっと胸を突かれた。何のために演じるのか、何のために創り上げるのかそれが一番大切ではないか！

「あの……話してもいいですか？」

おずおずと声をだしたのは兵助だった。

「もちろん、いいわよ、細川君」

「僕、今避難所にいて……みんな元気がないんです。隣にいるみよしさんも死んでもいいなんて言うし、みんな疲れてる。大人も、子供も……監督が初めにおっしゃったように、あの……ですね、疲れ切ってる町の人に僕たちの劇を見てもらって勇気をあげられたらいいなって……」

「うん、そうだよ、今僕らがやるべきことは町の人たちに元気になってもらう事、それが一番じゃないか」

兵助の言葉に守が呼応した。

圭奈が続いた。

「賛成、あたしもそう思う」

「いいじゃない、最高の目的ね、それから琴ちゃん」

圭子は琴に目を向けた、何かを促す目だった、琴は圭子の意思をすぐに理解した。

「期限を決めましょう、創り上げたら上演じゃなくて、期限を決めてそれまでに創り上げる、それがパワーになる」

圭子が尾崎の事を考えているのを琴はすぐに察した。

「その通り、じゃあたしが決めるわよ。夏休みの最終日、八月三十一日はどう？　この日は日曜日、学生のみんなには夏休みがある、高校三年生にしたら勉強と両立させるぎりぎりの期限よね。この日に上演する、それまでに上演する場所を見つける、町の人たちに告知してみんなを招待する、稽古場も探さなけりゃいけないわね、道具や衣装も一から作り直しよ、お金もかかる、どう、できる？」

「やるしかないでしょ」

和也が言った。

「時間もお金も場所も、限られた中で作るのが名監督ってわけでしょ」

「学習能力あるじゃない」

圭子の返しに和也は親指を立てて微笑んで見せた。

琴はあらためて圭子のリーダーシップに感心した、沈んでいたみんなの気持ちを奮い立たせた。それも自分を含めた劇団のメンバーに問いかけ、考えさせ、答えを見つけさせ、自分の代わりに言葉として全員に伝えさせたのである。

（やっぱり、圭子さんすごい、名監督は圭子さんよ）

期日は決められた。締切が無ければ作家も原稿を書かないのと同じである、期限は人間のストレスにもなるが、それは限度を間違えなければプラスのストレスとなる。緊張感と計画性を育む無形のエネルギーだ。

「じゃ、あらためてミーティング開始」

「それぞれができることといつまでにそれをやるか言っていこう、考えがまとまった人から手を挙げて」

琴は真っ先に手を挙げた、それが自分にできる事だと思った。

「稽古場の確保から考えたらどうでしょう？」

「琴ちゃん、あてはある？」

「うーん、例えば学校とか……小学校や中学校も含めてお願いして回れば一つくらい貸してくれるところがあるかもしれない」

「僕たち五人で手分けして当たります！　ねっ、みんな？」

守の声に圭奈も美咲も兵助も力強くうなずいた。


重い空気が漂っていた部屋がにわかに活気を帯びだした。窓の外の湿った雨はつい今しがた止み、ほんのりとした夏の日差しが雲の切れ間から差し込んでいる。

27　それぞれの課題

「尾崎、どうだ、調子は」

「ああ、まあ何とか持っとるわい」

「痛みはあるか」

「時々胃が痛むかな」

　尾崎は親友でもあり主治医でもある医師坂本と週に一回の面談を行っていた。痛み止めの薬を処方してもらい、今のところは平常の生活が送れている状態であった。

「嵐の前の静けさかも知れん、もうじき痛みがひどくなる」

　坂本はレントゲンの写真を見ながら尾崎に告げた。

「そうか」

「ホスピスの件はどうする？」

「いくつか聞いてもいいか」

「もちろん」

「費用はどれくらいかかるんじゃ」

「保険や社会保障を利用して月額約八万円てところだ」

「なるほど、ずっと施設に居なくちゃならんのか」

「いや、在宅でナースの訪問を受けながらという事も可能だ、治療というよりは痛みのコントロールが目的になる」

「そりゃ助かる」

「地震の被害はどうだったんだ」

「ああ、ボロ屋だがな、地盤がよかったせいか無事だよ、畑の土地も何ともない」

「そりゃよかった、例の劇団はやってるのか」

「ああ」

「どんな感じなんだ」

「これが本当に面白くてな、まあ、怒ったり泣いたり毎回行くたびに大騒ぎじゃよ、若いってのは見てるだけで元気になるかな、お祭りみたいなもんだ」

「みんな被災したんじゃないのか」

「……一人命を落とした……」

「そうか……」

「ほかにも避難所から通ってる子供たちや家が全壊した者もいる、こいつばかりは正直胸が痛むわい」

坂本はしばし言葉を失った。

「それで、続けられるのか」

「何とか頑張るそうじゃ。頼もしいじゃないか、オレが生きてる間に上演できるかは微妙だがの、間に合ったら見に来てくれるか？」

「もちろんだ、お前の体の事は知ってるのか」

「監督さんと高校生の女の子だけが知っとるよ、あとは内緒じゃ」

「そうか」

「その女の子じゃがの、原因不明で左手が麻痺しとるらしい。いつか機会があったらお前も診てやってくれんか、今のところどの医者もお手上げみたいなんじゃよ」

「わかった、今度連れて来てくれ、俺にできる事はする」

「ああ、感謝するよ」

坂本は思った。尾崎の病状はデータやレントゲンを見る限り深刻だ。しかし、見た目は普通の生活ができている。本来ならば入院して治療を受けていなければいけない状態にある、それがこうして過ごせていられるのも、もしかしたらこの劇団への参加が功を奏しているのかもしれないと。余命あとわずかと診断された患者が実際の予想よりもずっと長く生きることは坂本も幾度となく経験していた、できれば最後は尾崎の思うように過ごさせてやりたい、独り身で病院のベッドに寝たきりで人生の最後を迎えさせたくはなかった。医師としての自分と親友としての自分、気持ちの葛藤はあったが尾崎の人生の最後を可能な限り自分がサポートしよう。

「じゃ、痛み止めを処方しておくからな、ちょっとでも体調が悪くなったらすぐに来るんだぞ。急変することだってある、それからこれがホスピスへの紹介状だ、診断書も入っている。飯塚というのが所長をやってる、誠実ないい男だよ、前もって俺から事情は伝えておいたから行けばすぐに相談に乗ってくれると思う。県の中でも評判のいい施設だから今日この足で直ぐに行ってほしい」

坂本は紹介状と診断書の入った封筒を尾崎に渡した。尾崎は軽く会釈をするとその封筒を恭しく受け取って礼を述べた。

「ありがとう、わかったよ、何から何まですまんの」

「何言ってる、小学校からのくされ縁じゃないか、とにかく俺に任せろ」

坂本は尾崎に向かい笑みを見せた。尾崎もその笑顔に応えてみせた。

ひとまず話が終わり坂本が診察室から出ていこうとした時、尾崎が坂本を呼び止めた。

「坂本」

「うん？　何だ」

坂本は尾崎の方を振り向くとデスクに戻り再び椅子に腰を下ろした。

「せっかくの言葉だから甘えついでにもう一つ相談があるんじゃが」

尾崎は坂本の顔を見た。

「聞くよ」

「実はな、人を紹介してしてほしいんじゃ」

「人？　どんな？」

「病気とは関係ないんだがの、お前の顔の広さを見込んでの頼みじゃ」

「わかった、話してみろ」

静かな診察室で尾崎と坂本の話はその後三十分近く続いた。


八月三十一日の上演に向けて「ＡＧＡＩＮＳＴ」のメンバーたちはもう一度一から活動を始めていた。

「じゃあ、衣装については担当のメンバーが家で作るってことでいいわね、香澄ちゃん、町田さん、二人に任せるわよ」

「わかりました、ランさんのデザインをこのまま無駄にすることなんかできるもんですか。この間よりももっといいものを絶対に作ってみせます、任せてください！　智子さんよろしくお願いします！」

「こちらこそよろしく」

智子は香澄を見て力強くうなずいてみせた。

「大道具はどうしようか」

圭子が琴に向けて問いかけた。

「学校で作ればいいんじゃない？　どう、永谷君」

「うん、先生に相談して道具と場所を借りるように頼んでみるよ、部活じゃないから今までだったらダメだと言われたろうけど、逆に今の方が町のみんなのためにやりたいって言えば許可が出るような気がする」

「材料はどうするの？」

美咲が素朴な質問を投げかける。

「ああ、そいつが問題だ、町の中では家の修理だのに優先して木材が回って買いたくても買えない状況だよ」

涼が困った顔で説明した。

「道具がなくたって練習はできるじゃん、二か月後までに作ればいいんだろ、みんなで探し回るしかないよ」

「圭奈の言う通りだわ、ないものねだりはしない。あるものの中で最善を尽くす、あたしたちそう確認したじゃない」

「はい、村上さんの言う通りです」

「監督、練習場所はどうしますか」

守が圭子に尋ねた。今日も公園での屋外稽古の予定だったが、梅雨の長雨にたたられて集会所へ逃げ込んできた所だ。

「晴れたら外、雨ならここ、それしかないでしょ」

圭子は思い出したように守に尋ねる。

「永谷君、この間言ってた学校は？」

「はい、みんなで当たってみたんですけど、まだ許可をもらえたところはありません、避難所になっている所も多くて」

「よし、稽古場は今のままで決定」

集会所とは名ばかりで実際には学校の教室半分程度のサイズのプレハブである。中央に並べられた机と椅子をはじに寄せるとかろうじて演技ができる場所が現れる。とてもまともな稽古ができる場所ではない、しかし今の状況ではとりあえずここでやるしかない。

「一番の問題は何？」

「そりゃあ、当日の公演場所だよ。決まってるのは日付だけ、肝心の公演場所がなくちゃ見せたくても見せられないよ」

琴の疑問に和也が明確に答えた。

「出水さん、どこかあてはないかしら？」

「そうだなあ……守君の言う通り公民館や学校は避難所になってるし、和也君、町役場の施設で使えそうな所はないかい？」

「残念ながら今は無理ですね、公共施設という施設はすべて被災者が優先です、壊れた建物もあるし」

「そりゃそうよね」

「県民ホールを借りるのは？　あそこは頑丈で被害もなかったようだし」

涼が提案する。

「ああいった大きなホールは一年前から予約したりするんでしょ、それに使用料だってきっと何十万もするはずよ」

香澄の話に琴が続いた。

「それよりもここから遠すぎると思う。電車で三十分もかかる、それじゃあ町の人たちが来られないと思うの。私たちの目的は被災した町の人たちを元気づける事でしょ、何とか町の人たちが来てくれる場所でやらないと」

「避難所になってる学校をその日だけ使わせてもらえばいいんじゃない？」

「うん、美咲、それいい、わざわざ新しい場所を探すことないわ」

琴と美咲の会話を聞き圭子が割って入った。

「それも一つの手段ね、でも現実的にどう？　和也君」

和也は顔を少し曇らせながらも冷静に答えた。

「この先はわからないけど今の時点では難しいですね、僕も仕事で毎日避難所を回ってるんですけどまだみんなにそんな心の余裕がないんです。疲れてるし、毎日の炊き出しや家に帰ってからの片づけでそんなことを提案する段階じゃないというのが僕の感想です。元気をあげたくてやったことが逆に迷惑をかけることになりかねない、できれば別の会場に招待する形がいいと思います」

和也の説明は町役場の職員として日々避難所を訪れている生の声だけに説得力があった。劇の上演は自分たちのためにやるのではない、町の人たちを勇気づけるためにやるんだ。それがみんなで確認した「目的」だった。そこを踏み外すわけにはいかない。

「会場がないんじゃ……」

メンバーの思案する顔を見て圭子は瞬時に判断した、下した判断は一貫して同じだ。圭子はメンバー全員に向かって堂々と言った。

「いいじゃない、考えてたって先に進まないわ。会場は取れる！　何とかなる！　見切り発車でいきましょ」

「監督、ちょっと大胆ですね」

「悩んでたってしょうがないでしょ、今の時点でないものはないんだから、やれることをみんなでやってその中で探していけばいいのよ」

「うん、そうしよう、私たちが学んだことはそこよ。目的をはき違えないこと、ないものねだりをしないこと、やれることからやっていくこと」

琴は自分を励ますように明るく話した。

「さーすが琴、何かかっこいいね、美咲も親友として鼻が高いよ」

「ありがと、美咲、練習しよう」

「ＯＫ！　がんばろ！」

美咲の声が集会場の中に響き、メンバーは小さくうなずきながらそれぞれの持ち場へと散っていった。

28　ビラ

「じゃ次の場面に行きましょ、両手のない兵助がいじめられる場面よ。あかねちゃん用意はいい」

「はい、大丈夫です」

あかねはけがをした右手を包帯で吊りながら前に出た。梅雨の隙間に久しぶりに顔をのぞかせた夏を予感する太陽があかねをスポットライトのように明るく照らし出している。

兵助とその幼い頃の役を演じるあかねをシンや岩下がいじめる場面が始まった。

『あれ、ぼく手が動かないよ』
『兵助、お前は腕を奪われる』
『腕を、誰に？』
『人間に、いや、社会にかな』

練習に戻った尾崎の声が低く響いた。

『オイ、コイツミロヨ、ウデガナイゼ』
『本当だ、へんなかっこ、握手でもしようか』
『ミンナ、ジャンケンシヨウゼ、マケタラウマニナレヨ』
『そりゃあいいや、負けたら何でも言うことを聞くってのどうだ』
『ジャンケンポン、アイコデショ』

真ん中にうずくまる兵助、あかねがすすり泣く姿を懸命に演じた。

『ちくしょう、ひどいじゃないか』

「いいわよ、あかねちゃん、琴ちゃんそのまま続けてカットイン」

圭子の指示で琴が場面に割って入る。

『だから言ったでしょ、だいたい甘いんだよあんたたち、生まれるからって楽しい事ばかりが待ってるわけないのよ』

『さっきから偉そうなことばかり言って、あんたは、どんな生き方をするの』

『私はね、私は、あっ！』

「カット！　いいよ、みんな気持ちが入ってきてる、このあと場面が真っ暗になってブザーと共に赤いパトライトが点滅する、そこへ黒の使者が登場よ、続けて」

『現世からの報告がありました』

『十月十四日、学校前の交差点において少女十二歳ダンプカーにはねられ即死しました』

『したがって欠員一名』

『誕生一名』

明るい日差しの下では照明の暗転も明転も、不気味に光るパトライトの真っ赤な光も想像の下で演じるしかない。しかし、メンバーは圭子の言葉通りに本気になって演じた、いや演じてみせた。ないものねだりはしない、やれることをしっかりやる、圭子の魂が地震の被災、ランの死、「吉田ファーム」の全壊といった数々の向かい風に立ち向かう中で少しずつ浸透していっていた。

昼食を食べ午後の日差しの下、この日の練習は夕暮れまで続けられた。


「ねっ、昨日のあたしの提案なんだけど」

帰り道で美咲がうれしそうに声を上げる。

「うん、公演のビラ配りでしょ、やろうよ」

「あたし作ってきたの、見て、ほら」

美咲はパソコンを駆使して作ったのであろう、公演の告知をするビラをみんなに見せた。

大きさはB5版サイズ、上演の告知とメンバーの名前も入っている。そしてビラの最後には
「立ち上がれ清森の町よ!」という言葉で締めくくられていた。

《8/31　劇団　AGAINST　公演
「Good　Bye　My」　場所は後日決定!》

「おっ、やるじゃん美咲、プロとまではいかないけど、みんなに知ってもらうには充分だと思うよ」

「あたしの唯一の5が美術だからね、ほかのテストは散々だったけど」

「パソコンも無事だったんですね」

「うん、ひょろすけには本当に悪いんだけどうちは物が倒れただけで済んだの、みんなのように演技は上手くないからあたしはあたしの得意分野で頑張るからね」

「それでいいよ、滝さん、それぞれがみんな違うんだ、自分にできないことは誰かに助けてもらえばいいんだよ」

「さすが、永谷君、あたしますます張り切っちゃうから」

「で、どうする?」

「明日までに三百枚印刷しておくから、放課後に避難所に配りにいこうよ」

「いいですね、僕のいる避難所だけでも五十枚くらいは必要です、みよしさんにも渡さなくちゃ」

翌日から琴たちは大道具の制作を終えた後、自転車を使って町の各地の避難所を回りビラを配ると同時に避難所のお年寄りの人たちに声をかけ続けることに決めた。守の交渉によって学校での大道具の制作も許可が出ていた。七月も半ばになり高校の期末試験が終わった直後のことである。


「みよしさん、こんばんは」

兵助が避難所でいつものようにみよしに声をかけた。

「おや、こんばんは」

「体の調子はどうですか」

「体は痛いけど、いつもあんたが腰をさすってくれるから本当に助かるよ」

「あの、僕たち、今度劇をやるんです、みよしさんも体が元気だったら見に来てくれませんか」

「おお、そうかい、ぜひとも見に行くよ」

「これ、ビラというかパンフレットです、まだ場所は決まってないけど決まったらすぐに教えますからね、八月三十一日は空けといてくださいね」

兵助がビラを渡すとみよしはしっかりと受け取り微笑んで言った。

「わかったよ、あんたもがんばんなよ」

「はい」


「父ちゃん」

「おお、何だ、圭奈」

「これ」

「うん？　ああ、お前がやってる劇団か、上手くいってるのか？」

「うん、ごめんね、あんまり世話もしなくて」

「何言ってる、謝るのはこっちのほうだ、俺こそ高校生のお前に家事から子守りまでさせて、本当にすまん」

「父ちゃんらしくないじゃん、何だか照れるよ」

「避難所にいると逆にいろんな人が助けてくれる、甘えるわけじゃないがお前はやりたいことをやれ、高校生活もあと半年じゃないか」

「うん、ありがと、高校卒業したらいっぱい働いて前よりいい家に移れるように頑張るからさ」

圭奈は照れくさそうに言った。

「俺も見に行っていいのか？」

「出来たら来てほしいな」

「おう、這ってでも見に行くよ」


「こんばんは、僕、清森高校の永谷と言います、下平川小学校の避難所にいるんです、話してもいいですか」

「おお、いいよ、お互い避難所生活もきついよな」

「今、ここでの暮らしで一番欲しいものは何ですか」

「そうだな、家はぶっ壊れてなくなっちまったけど、ボランティアの人や若い人らがほんとによくしてくれる、贅沢言っちゃいけねえよな」

「僕らにできる事があれば言って下さい」

「もう一か月以上経ったよな、食べるものや着るものはおかげさんで困ってないよ。しいて言えば娯楽かな、テレビは一台しかないし、読みたい雑誌も手に入らん、あっこれも贅沢か」

「そんなことないです、ごく普通の人間の生活です。僕たち八月三十一日に演劇をやるんです、よかったら見に来てくれませんか」

守は遠慮がちにビラを手渡した。

ビラを見た男はしばらく眺めると笑顔で応えた。

「おお、いいよ。芝居か、もう何年も見てないからな、さっき言ったけどここじゃ娯楽も少ないし見に行くよ。よし、オレが避難所のみんなに配っといてやる、まとめてそこに置いときな」

「ありがとうございます、お願いします！」


「こんばんは」

「こんばんは」

「おやおや、お嬢さんたち何ですかね」

「おばあちゃん、お話していいですか」

「ああ、いいよ、誰も話してくれる相手がいなくてさびしくてな」

「ご家族はいらっしゃるんですか」

「いんや、もともと一人で住んどったし」

「地震怖かったでしょ」

「生んまれてからあんな恐ろしいことはなかったわな」

「疲れてないですか」

「床が硬くての、なかなかぐっすりとは眠れん」

「おばあちゃんの特技ってなんですか」

「特技？　若い頃は音楽学校へ行っとった、歌なら負けんぞ」

「すごい、聞かせてもらえませんか」

「ここでか？」

「ここでです」

「あんりゃ、周りの人が驚いちまうよ」

「そんなことないですよ、あたしたちおばあちゃんの歌が聞きたいです、それから知ってたら一緒に歌いたいです、ねっ、琴」

「そんなに言うならな」

「ありがとうございます！」


琴と美咲は時間を忘れて沢山のお年寄りと話を続けた。

「あっ、美咲、ビラ配るの忘れてない？」

「ほんとだ、全部持ってる、一枚も配ってないよ」

「まっ、いいか、たくさんの人と話せたものね」

「うん、でも、あたし今から配ってくる！　永谷君に怒られちゃう」

「一緒に行くよ」

29　日常

梅雨が駆け足で過ぎ去ると同時に清森の町から見る山々は緑いっぱいに輝き始めた。夏はすぐ手が届くところまで来ている。涼は一か月かけて「銀河」の後片付けを終えようとしていた。劇団の上演に合わせ七月いっぱいは「銀河」を閉めておくつもりだったが、延期に合わせて練習のない平日はいつでもゲストが泊まれるようにまでようやく整えることができた。

もちろん平日では多くのゲストは見込めない、しかし、一人で「銀河」を切り盛りするにはもしかしたらちょうどいいリハビリになる、涼はそんなことを考えていた。何よりも一人きりで過ごす部屋の淋しさを少しは紛らわすことができるではないか。愛と雪、空の写真を見ながら涼は今日久しぶりに「銀河」のホームページを更新した。

掲示板にはいくつかの書き込みがあった。いずれもかつて泊りに来てくれたゲストからだ。

「『銀河』、再開するんですね、地震の被害はどうでしたか？　周りのみんなは心配だからまだ行くななんて言うけど、今度泊りに行きます。また星空を見せてください」

「こんにちは、地震の被害お見舞い申し上げます。私には何もできないけど、またお邪魔させてください」

涼は書き込みを読みながら涙が出てきた。大切な家族を失い絶望の淵にいたけれども自分にはたくさんの仲間がいるんだ、「ＡＧＡＩＮＳＴ」のメンバーも、そしてこうして「銀河」を忘れずにいてくれるゲストの人たちも。

（愛、雪、空、頑張るよ……）

涼は心を込めて返事を書き込む。

「みなさん、ご心配をおかけしてすみません、そして、温かい言葉ありがとうございます。平日だけですけれど『銀河』を再開します、ぜひいらしてください。皆さんにお会いできること心から楽しみにしています」

お礼の言葉を書き込みホームページを閉じる。

「さて、まだ午前中だ、やることをやらなくちゃな、じゃ、行ってくるよ」

三人の写真に語りかけると涼は夏の日差しの中を車で下界へとかけ降りて行った。

「こんにちは、出水です」

「ああ、こんにちは、ようこそいらっしゃいましたな」

涼が訪れたのは知り合いの町の名士、荻野である。町で唯一の結婚式場の支配人だ。

「で、ご相談した件ですけどどうでしょうか」

「式場を劇の公演に貸し出す件ですな」

「ええ、色々と当っているんですがなかなかお借りできなくて、それでこうして荻野さんを頼ってきた次第です」

「出水さんの頼みなら二つ返事でＯＫといきたいんだが、色々と調べてもらってな、やっぱり式場を再開するには今よりももう一段頑丈な耐震工事が必要だってことになってな」

「そうですか」

「どんなに早くても九月なんだ、資材も不足してるし、それまでの挙式もすべてキャンセルしてもらった、ほら、君が前に話してた手嶋君たち、彼らも延期になったカップルの一組なんだよ」

和也と香澄も本当ならばすでに挙式を終えて新しい生活をスタートさせていたはずだった、それがあの日……一瞬で……涼は二人の顔を思い出して切なくなった。

「大丈夫ですよ、なっ、香澄」

「ええ、楽しみが先に延びたと思えば」

二人の明るい笑顔が余計にいじらしかった。そして、二人も「AGAINST」のメンバーとして週末ごとに活動をしている。

「すまんな」

「いえ、とんでもない、こちらこそ無理言ってすみません」

涼は平日を利用して劇の上演に使えそうな施設を片っ端からあたり交渉を重ねていた。しかし、一つも色よい返事はない。応援はしたいがその段階ではないというのが返ってくるいつもの返事である。

その後も余震は続いていた。時にはあの夜を思い出させるような大きな揺れも、そうした状況が町の人々の復興を急ごうという気持ちをいつも萎えさせた。せっかく立て直した家がまたすぐに壊れてしまうのではないか、そうした不安が家に帰ろうという前向きな気持ちよりも、ひとまず避難所で様子をみようという消極的な気持ちに追いやるのだった。

　この日も何の収穫もないままにまた週末を迎えようとしていた、明日は本当ならば上演を予定していた夏休みの初日七月二十一日である。

　涼は汗を拭いながらまぶしい太陽を見上げて大きく一つ息をついた。


「みんな、成績どうだった?」

「予想通りね、美術だけは5だったよ、琴は?」

「私も、二年生の時と変わらないよ、でも先生たちも授業どころじゃなかったみたいだしね、全体に成績甘い感じ」

「そうそう、あたしもずいぶん上がった、あんまり勉強しなかったのにね」

「圭奈はよくやってたよ、最近人格変わったんじゃない」

「どんな?」

「何か大人になった感じ、あんまり切れなくなったし、ねっ美咲」

「うんうん、監督とバトルしたあたりから変わったよね」

「あん時は、琴の迫力に負けたからな。ほんとマジで止めに入ったよ、あれが演技だってんだから、琴ちゃんには負けました」

「必死だったんだからね!」

　避難所生活が続いていた圭奈にも明るさが戻り見た目にはようやく平常の学校生活が戻ったよ

うに見えたところで三人にも夏休みがやって来た。

「本当なら今頃劇を終えて受験勉強まっしぐらだったのにね」

「圭奈はどうするの？」

「あたしは、進学しない、今回の地震ではっきり気持ちの整理がついた。就職してめいっぱい稼いでいつか自分の金で豪邸たてるから、二人とも招待するからおいでよ」

「あら、それはどうもありがと。何を差し置いても美咲と二人で駆けつけるから、新築祝い何がいい？」

「そうだな、犬、庭が広いからゴールデンレトリバーにしとくよ」

「はいはい、わかりました」

三人の笑い声が夏の日差しの中で響き渡る。

「明日から大道具頑張ろうよ、ね、圭奈」

「おお、学校を目いっぱい借りられるしな」

「材料は？」

「美咲、お父さんに頼んでみた。お年玉で足りない分は出してくれるって、角材とペンキで総額三万円ぐらいで済みそうよ」

「じゃあ、とりあえず立て替えといて、五人で割れば一人六千円、それぐらい何とかなるでしょ、あとで渡すから」

「ＯＫ」

「じゃあ、練習に入ります」

夏休みに入り最初の土曜日、学生は休みでも社会人には夏休みは関係がない、みんな日々の暮らしに懸命な毎日を過ごしていた。稽古はいつものように土日を使って行われた。数えても残された稽古に当てられる日も十回あまりである、上演場所も決まらないままだが「ＡＧＡＩＮＳＴ」は「その日」が来ることを信じて進み続ける。

「生まれるのをためらう琴ちゃんに使者たちが決断を迫る場面、そして、最後の決断を長老が促す場面、クライマックスよ」

「用意　スタート！」

『十月十四日、学校前の交差点において少女十二歳ダンプカーにはねられ即死しました』
『したがって欠員一名』
『誕生一名』

白の使者が手を差し伸べ琴をいざなう。

『行きましょう、さあ、私の手につかまって』

『いやだ、私怖い！　生まれてすぐに死ぬのなんていや！』

『どうして死ぬなんて言うの？』

『だって私生まれて七日目に捨てられるんでしょ、駅のコインロッカーに、生きられるはずないわ！』

琴が全身を震わせながら訴えかける。

『捨て子？』

『コインロッカー？』

『おじいさん、私をここにおいて！』

尾崎が琴のすがるような目を見ながらも突き放すように言った。

『それはできぬ……生まれることを拒むことは誰にもできない……』

黒の使者は追いつめる。

『一つだけ方法がある、私と一緒においで』

『そこには何があるの？』

『何もない、ただ消えていくだけだよ』

『ただ溶けるように消えるだけさ』


白の使者はいざなう。


『一緒に行きましょう、生まれることはきっと素晴らしい事よ』

『さあ、手をつないで、私が案内するわ』


黒の使者と白の使者が一歩ずつ琴に近寄り手を差し伸べる、どちらかを選ばなくてはならない、そして琴が劇のクライマックスともいえる台詞を今叫ぼうとした瞬間！

ドスン！　大きな音がした。


「尾崎さん！」

琴は自分の背後で起きた音の正体を瞬時に把握した。

尾崎が倒れたのだ！

音の正体は尾崎の座っていた椅子が倒れた拍子に地面にぶつかったものだった。琴以外にもう一人、圭子もまた同時に尾崎の急変をすぐさま理解した。

「だれか、救急車呼んで、すぐに、早く！」

尾崎の病気を知らない他のメンバーは戸惑いを隠せなかった、しかし事の重大さを感じ取りすぐさま圭子の命を実行に移した。

「尾崎さん、大丈夫ですか！」

「ここに……連れてってくれんか」

琴は差し出されたメモ紙に連絡先の病院と電話番号を読み取った。

「坂本医院……ですね、わかりました、そのまま動かないで」

尾崎は駆けつけた救急車で親友坂本のもとへと運ばれた。

琴と圭子それに涼の三人が付き添い他のメンバーは不気味なサイレン音を送り出した。

役者たちを一度に失った公園の広場には、静寂が訪れるにつれてけたたましい蝉しぐれの声が耳をつんざくように響き渡っていた。

30　尾崎

尾崎は坂本のところへ運び込まれた、点滴を打ち一時間ほどベッドに横たわるとようやく容体は安定を取り戻した。

気が付くと目の前に坂本の顔があった。

「大丈夫か、尾崎」

「おお、ちょっとめまいがしてな、空が回りおったわ」

「痛みはどうだ？」

「倒れる前は胃が痛んだが今は大丈夫じゃ」

坂本の問いかけに尾崎ははっきりと答えてみせた。

「尾崎さん、大丈夫ですか」

坂本は首を動かして声の主を探し、琴と圭子を見つけた。

「琴ちゃんか……すまんの、心配かけて」

「そんな……無理しちゃ駄目ですよ」

坂本は尾崎と琴の会話を聞きながら琴の方に顔を向けた。

「君が……もしかすると……」

「ああ、この娘とそこにいる監督さんがこの間話した二人じゃよ」

坂本は尾崎の言葉に耳にするとしばらく考えたのちに深くうなずき、ちらっと琴の左手に視線をやった、そして圭子と琴に向けて話を始めた。

「尾崎の病状の事をご存じだそうで」

「……はい」

二人は同時に答えた。

「病状って……尾崎さん病気なんですか？」

ただ一人事情を知らない涼があらためて心配そうに二人の顔を見つめた。

「……ええ、尾崎さん、出水さんには話していい？」

尾崎は少し考えた末おだやかにうなずいた。

「私から話そうか、二人はご存知ということだが、尾崎は胃ガンを患っている」

「えっ」

涼が息をのむ、そして冷静さを取り戻そうと必死に努めた。

「手術をしてももう厳しい状況なんだ、私はこいつとは小学校以来の親友でね、私の所へ来てくれた時にはちょっと手遅れの状態だった。もう少し早く来てくれたらな、一人暮らしが凶と出たよな」

坂本は尾崎の顔を見つめる。悔しさと恨みがましさが混じったようなまなざしだった、治療の時期を逸したことが本当に悔しいのだろう。

「医者というより親友として本人には正直に伝えた、四月だったからほんの三か月前だよ、なっ」

「……」

「尾崎は残りの人生を入院してベッドの上で延命を施すことよりも最後にやりたいことをやるという道を選んだ、それが君たちが立ち上げた劇団だ」

「はい……」

琴が静かにうなずく。

「ホスピスの在宅訪問で痛みをコントロールしながら参加している、それが現状だ」

「そうだったんですか……」

事情を初めて聞く涼にとってはすべてが驚きでありすべてが衝撃だ、病室の中で一人だけ落ち着かない心を抑えていた。

「こいつは中学、高校と演劇部の花形でな、君たちの劇団に参加してからは病気の進行も進んでないように見える。人間は生きる目標や意志が病気に打ち勝つことが間々ある、そうした意味では正解だったかもしれない」

「それで、このまま続けられるんでしょうか？」

圭子が肝心の事をストレートに聞いた。

「そりゃあ、医者としたらすぐにでも入院して休めと言いたいが、おそらく本人は嫌がるだろうな」

「その通り」

尾崎は坂本を見て笑みを浮かべてつぶやいた。

「監督、出水君、琴ちゃん、ここまできたんじゃ、最後までやらせてくれんか？　このまま死んじまったら悔いが残るでのう」

「先生、どうなんでしょう」

再び圭子が確認を促す。

「痛みさえ薬で抑えれば日常生活は可能だろう、だが今回のように急変することはいつ起きても不思議でない。ただ、逆にここで辞めれば生きる気力がなくなっちまう、そっちの方が怖い」

「病人を交えてこんな話ができるのも不思議な事じゃの、お前に診てもらってほんとによかったわ」

「ああ、俺もなかなかない経験だ、普通は本人には隠すからな」

「上演はいつです？」

坂本が圭子に尋ねた。

「八月の三十一日の予定です」

「結論を言いましょう」

坂本は尾崎の手を両手で力強く握った、そして三人の方へ体を向けて小さく頭を下げてみせた。

「これは、医者としてというよりも友人としてのお願いです。あなた方三人にサポートしてもらってこいつに最後の花道を作ってあげてもらいたい、もちろん私もできる限りのことはする……」

坂本の目に涙が光るのを琴は見た、琴はその目にくぎ付けになるように顔をそらすことができなかった。

わずかの沈黙。

「わかりました」

圭子がゆっくりとそして、何か決意を込めて返事をした。

「尾崎さん、一緒にやりましょう。この劇は尾崎さんがいなくちゃダメなの、尾崎さんが必要なんです、出水さんも琴ちゃんもいいわよね？」

「はい」

「もちろん」

圭子は坂本が握っていた尾崎の手をその上から包み込んだ、琴と涼もその手に加わる、琴は初めに右手で自分の左手を乗せてから最後に右手を一番上に置いた。

「ありがとう」

「尾崎、がんばれよ」

「必要とされるってのは人間として最高に幸せなことじゃな……」

尾崎はそうつぶやくと目をつぶる。それは大人として、男として、涙を見せるまいという尾崎の生きざまでもあり、最後まで病に負けまいとする心意気でもあるように琴には見えた。

病室にしばしの静寂が流れた後、圭子が尾崎と坂本に向けて口を開いた。

「劇団の状況を私からあらためてもう一度お話ししておきます、坂本先生も一緒に聞いて下さい」

「うむ」

「メンバーはもちろん尾崎さんの事を知りません、今頃きっと心配しているはずです。ただでさえ震災でみんな心に傷を受けているのに加えて今回の尾崎さんのこと、できるならみんなに事情を話すことを許してもらえませんか？」

圭子の意志を悟った琴も続いた。

「私も同じ気持ちです、尾崎さんのみんなに心配かけまいとする気持ちはわかるけど、このまま黙って続けるのは私も辛いです」

尾崎はその場で二人の望みを聞き入れた。

「わかった」

「ありがとうございます。あと、先生、上演の予定をさっき伝えましたけど実は確定ではないんです、今回の地震で上演するはずの『吉田ファーム』が全壊してしまって……上演場所が見つからなければ延期もあり得ます、尾崎さんの時間を考えると」

「そうなんですか、言うまでもないですが早ければ早いほどいい、今の日程でさえどうなるかわからないのにそれがひと月、ふた月と延びれば今度は医者としてドクターストップをかけざるを得ないかもしれない」

圭子は琴と涼の顔を見つめてしばし思案した。

「八月三十一日、この日をリミットとしましょう」

「どうしよう、会場が……出水さん見込みはあるんですか？」

琴が涼に尋ねた。

「いや、毎日町の候補を当たってるんだけどまだ地震の後始末でそれどころじゃないんだよ、監督どうもすみません」

「出水さんのせいじゃないわ、でも時間がないわね、どうにかしないと」

三人が思案に暮れかけた時、琴は尾崎と坂本が目を合わせているのに気が付いた。あたかもサッカー選手がアイコンタクトでもするかのように尾崎が坂本に目で合図をしそのサインを受けて坂本もうなずいたように見えた。

サインの交換が終わったタイミングで坂本が口を開いた。

「実は皆さんに話したいことがある」

「何ですか？」

三人は一瞬怪訝そうな顔で坂本の顔を見つめた。

「尾崎の意志でね、『吉田ファーム』の土地にイベントができるようなログハウスを建てられないかとね」

「えっ？」

思わず声を出したのは涼だった。

「こいつに頼まれて、家の畑を売ってできた資金がある。私の出来る限りのツテを使って工務店と資材の調達の目途もついている、図面引きから初めて突貫工事になるが一か月あれば何とかできるそうだ、もちろん耐震工事も入れてだ」

「尾崎さん！」

涼がもう一度声を上げた。

「わしも独り身だしの、墓場まで土地を持って行っても仕方がなくてな、坂本に頼んでいろいろと動いてもらったのじゃ。余計なおせっかいかもしれんが、『吉田ファーム』の秀さんに伝えてくれんか、まさか勝手に建てるわけにもいかんしの」

三人は目を丸くしてお互いの顔を見つめ合った。

「わかりました！　尾崎さんの気持ち、ありがたくいただきます、すぐに秀さんの所へ行って話をしてきます！」

「ありがとよ、何とか間に合うといいのう」

「はい！」

三人は病院を後にして、すぐさま「吉田ファーム」へと向かった、そしてすべてを秀さんと奥さんに伝えた。

「ほんとかい？　おい、聞いたか」

「ええ、もちろんですよ」

「いいんですか？」

「いいも何も、こちとら感謝こそすれ断る理由がないぜ、どこから牧場を建て直すか今だってこいつと資金繰りに悩んでたところだ」

「法律とか絡むんじゃないですか？」

「世話になってる弁護士に相談するわ」

「じゃ、動いていいんですね、何よりも時間がない」

「もちろんだ！　ありがたくて涙が出らあ……おい、これから尾崎さんの所へ二人で行くぞ！頭下げて礼を言わなきゃ気持が済まねえ、しかも治る見込みのない病気だってんだろ、地面に頭つけても足りねえくらいだ」

劇場の確保という難題を思ってもみなかった形で乗り越えられそうになった圭子と涼、そして琴の胸の中に何が何でも公演を成功させようという強い決意が生まれた。尾崎のために、そして町の人々のために。時は蝉しぐれがにぎやかに降り注ぐ七月最後の土曜日である。

31　支援の輪

翌日、公園の集会所にメンバーが集結した。

「というわけで、尾崎さんの状況は今話した通りなの」

圭子は昨日、尾崎が倒れてからの事のいきさつを委細もれなくメンバーに話した。時間にして三十分以上はかかったろう、しかし、すべてを話しておくことが結果的に良い方向に導くだろうと判断してのことだった。

「知りませんでした、そんな体だったなんて」

和也がしみじみとつぶやく。

「ねぇ、尾崎のおじいちゃんは死んじゃうの？」

圭子は一瞬虚をつかれた、あかねである。

（うかつだった、あかねちゃんがいたんだ）

圭子は珍しく戸惑った、大人たちにとっては尾崎の現状を伝えることは決して間違ってはいないと判断できた。しかし、あかねに話していいものだったのか、まだ九歳になったばかりの少女に話すべきだったのか、圭子は瞬時に後悔した。しかし、話してしまったものは仕方がない、あかねもまた正式の「AGAINST」のメンバーなのだ。

「あかねちゃん、よく聞いてね、尾崎さんは病気でもしかすると長く生きられないかもしれないの、それは本当、だから元気なうちにみんなで尾崎さんを助けながら劇を成功させようって話したのよ」

あかねは涙を流した、子供でも事情は充分にわかるのだ。

「あかねの家のおじいちゃんも具合が悪いんです、尾崎のおじいちゃんもうちのおじいちゃんも死んだら悲しい……」

「あかねちゃんの家も避難所なんだよね」

「おじいちゃんは病院にいます」

「じゃあ、おじいちゃんのためにもがんばろうか、手のけがはどう?」

あかねは小さくかぶりを振った。骨折した右の腕と指の包帯姿がまだ痛々しい。彼女自身も寸前のところで命を取り留め、心に傷を負った一人だった。

「たくさん頑張ってもらうからね」

「はい」

あかねは健気に明るく返事をしてみせた。

「でも、ログハウスの件は本当にありがたいですね」

香澄が話題を変えるように活気のある声でメンバーに振った。

「うん、僕は尾崎さんの事を尊敬する、今の話を聞いて誰にでもできる事じゃないと思う。尾崎さんが私財を僕らのために使ってくれた、でもそれは劇団のためだけじゃないと思うんです、もちろん自分のためでもない。尾崎さんも町の人たちのために、みんなに勇気を与えるためにしてくれたことだと思うんです」

「僕も永谷君と同じです。今回の地震がなければ尾崎さんもそこまではしなかったんじゃないかって」

兵助が守の話に真面目に答えた。

「でも、正直ちょっとあきらめかけてたけどこれであたしたち公演やれるわけでしょ、みんなで頑張るしかないじゃん」

「うん、圭奈の言うとおり上演に向けて突っ走りましょう、あとひと月よ」

琴の声にメンバーも応えた。

「そうね、もうすぐ衣装も出来上がるわよ」

「僕も照明と音楽を本格的に考えますよ、何しろこれで青空公演でなくなったわけですからね、やる気がみなぎってきました」

「ボクタチモ、ビラクバリテツダイマス、ナッ、リック」

「ＯＫ、エキトカ、ショウテンガイトカ、タクサンイクヨ」

「よし、じゃそれぞれみんな自分のやれることを頑張っていきましょう。おいで、円陣組むわよ」

圭子の掛け声に尾崎をのぞくメンバー全員が円陣を組んだ。

「絶対にいいものを作って町の人たちに元気を出してもらいましょう、さあ、行くわよ！」

「劇団ＡＧＡＩＮＳＴ！　ファイト！！」

圭子の大きな声にメンバー全員が力いっぱい呼応する。

「オー！！」

集会所の天井が破れるくらいにメンバーの声は高らかに響き渡った。


八月に入り上演に向けての準備は急ピッチで進められていった。ログハウスは秀さんの要望も取り入れ、坂本の知り合いの建築家が三日で図面を引き、あらかじめ調達していた資材が届くまでに五日とかからなかった。日頃から町の人たちも「吉田ファーム」にはなにかと世話になり、愛着を感じていた、わずかばかりだが再開へ向けての義援金も届くようになった、このあたりは秀の人柄でもあろう。町のみんなも「吉田ファーム」の再開を待ち望んでいるのだ。

琴たちはリックとシンを巻き込んで町のあちこちを回ってビラを配っていった、美咲の作ったビラには未定だった会場がはっきりと記された。

《劇団　ＡＧＡＩＮＳＴ　公演　「Ｇｏｏｄ　Ｂｙｅ　Ｍｙ」
来たる　8／31　於　吉田ファーム　立ち上がれ清森の町よ！》

智子と香澄の作った衣装も完成して次回の稽古では初めて衣装を着ての練習することとなる。琴たちの大道具、リックとシンの小道具、岩下の音楽と照明の準備も着々と進みすべてそろっての稽古ができるまではもうすぐだ。

圭子の日曜日の訪問は地震の後しばらく途絶えていたが、ひと月を過ぎて再開された。圭子にとっては「ＡＧＡＩＮＳＴ」とは別にやらなくてはならないことである。圭子は行く度に心から謝罪を繰り返した、今自分にできることはそれしかないのだと信じて。あとは尾崎の復帰を待つばかりである。

八月の初旬、涼は「銀河」を再開した。最初のゲストはやはり結城だった。あの震災の日、結城は車で「銀河」へ向かう途中だった、国道の陥没とそのための交通閉鎖でたどり着けずやむなく半日をかけて家に引き返した。あれから二か月あまり、ようやくの再訪が実現したのである。

「涼ちゃん、大変だったな」

「ええ、でも大変なのは僕だけじゃないですから」

「でも、愛ちゃんたちの事といい、かける言葉もないけど、俺は涼ちゃんの味方だからな、できる事があったら言ってくれよ」

「ありがとうございます、結城さんこそあの日は大変だったでしょう」

「おう、オレも長いこと生きてるけど車の中に居てあれだけ揺れたのは生まれて初めてだよ。道路も地割れしてろくに車も通れないし携帯電話もつながらなかったもんな、すぐに電話したんだよ」

「こっちもそれどころじゃなかったですからね、結城さんのために作った料理も全部ひっくり返っちゃって」

「でも、よくここまで片づけたよな、山の下を通って来たけどまだ壊れたままの家がたくさんあったよ。ブルーシートだっけ、屋根にかかっててさ、あれじゃ家にも帰れないだろう、気の毒なこった」

結城はいかにも悲しそうに遠い目をした、昔気質の人情家である。涼はあらためて最初のゲストとして結城を迎えられて嬉しく思った。

「とにかく乾杯しましょうか」

「ああ、愛ちゃんと雪ちゃんと空ちゃんも一緒でいいかい？」

結城は立ち上がると棚の上の写真をそっと手に取った。

「ええ」

「本当なら献杯だが、あえて乾杯だよ。頑張れ、出水涼」

結城はグラスにワインを注ぐと涼に手渡した、涼はそれを静かに受け取るとゆっくりそして確かにうなずいた。

「頑張ります、愛、雪、空、頑張るからな、乾杯」

二人はしみじみと酒を酌み交わす。飲んでいるうちに昔話がいくつも飛び出し二人は笑いながら、そして泣きながら思い出に浸る。

「銀河」を立ち上げて以来結城が泊りに来た回数はもう三十回以上になる、ふた月に一度は来ている計算だ、五人目の家族といってもいいそんな間柄であった。

「ところで劇をやるんだってな」

「聞いてます？」

「うん、オレの所はここから二時間はかかるけど、けっこうみんな知ってるぞ」

「へえ、でもなんでだろう、そこまではビラも配りに行ってないだろうし」

「これだよ、これ」

　結城は新聞の切り抜きを取り出した。

《清森の町、復興へ向けて　アマチュア劇団の公演決まる》

「あっ、ほんとだ、知らなかった」

「取材とか受けたんじゃないのか」

「いえ、そんなことはなかったですね」

　記事は県の新聞の社会面を切り取ったものである。美咲の作ったビラを手に取る避難所の人たちの写真が添えてあった。涼は結城から新聞を受け取るとその記事に目を凝らして隅から隅まで読んでみた。

「そうか、避難所にいる誰かがネットやＳＮＳで広めてくれたんだ」

「今はそんな時代だもんな」

「『吉田ファーム』に集まってくる義援金がこのところ急に増えて秀さんと不思議に思ってたん

です、これを見てみんなが応援してくれてたんですね」

「うれしいじゃないか、こんなことがあっても人間まだまだ捨てたもんじゃないよな」

「ええ、劇団のみんなに見せてあげなきゃ。そうだ、結城さんも来てくださいよ、八月三十一日は空いてますか？」

「おお、来るとも、仕事なんか後回しだ、何があっても見に来るよ、お祝いの酒持ってな」

「うれしいな、約束ですよ」

「任せとけ」

結城は胸を一つ叩くとにっこりと微笑んでみせた。


こうして新聞の記事から水面に広がる波紋のように少しずつ支援の輪が広まっていった。新聞や地元テレビが取材に来て公演の成功を祈る手紙も届くようになった。圭子に相談してひとまず連絡先に「銀河」の住所を載せたのである。逆風に立ち向かってきた「ＡＧＡＩＮＳＴ」に力強い追い風が背中を押し始めた。そして、風を味方につけ「ＡＧＡＩＮＳＴ」はその足取りを少しずつ確かなものにしようとしていた。


「あたし、緊張しちゃったよ、テレビだよ！　テレビ！」

「美咲、歩くとき右手と右足が一緒に出てたよ」

「琴だって顔が真っ赤だったじゃない」

「だって、取材なんて初めてだもの、上がるなってほうが無理よ」

「でもこれでますます責任が重くなったってことかもしれないよ」

「永谷君に同じです、いいかげんな劇なんかを演じたら応援してくれている人に申し訳ないです」

「細川、いいこと言うね」

「はい、原田さんに褒められて光栄です」

「ひょろすけ、株が上がったよね、最近ちょっとかっこいいかも」

「滝さんだって、素敵です」

「いやだ！　素敵だなんて」

美咲が兵助の肩を思いきりたたくと兵助が思わず転びかけた。

「あと、二週間で本番よ、悔いの残らないように全力で頑張ろう。そして応援してくれる町の人たちに勇気をあげましょ」

琴の言葉に四人は力強くうなずいてみせた。

32　不吉

公演を一週間後に控えた日曜日、待ちに待った「吉田ファーム」のログハウスが完成した。平屋だが吹き抜けのように天井が高く広々とした空間にはステージとなる舞台、客席は椅子を詰めれば百人は収容できる広さだ。普段はテーブルを置いてレストランとして営業ができるような仕様になっていた。例えてみると、山小屋風の大きなライブハウスといったところである。

午後には大道具や小道具、衣装に音響機器、照明もが持ち込まれ、初めて本番と同じ形でのリハーサルが通して都合二回行われた。

「ようやくここまで来ましたね」

「来週の公演が楽しみ」

和也と香澄が笑顔で話す。

「尾崎さん、大丈夫ですか？」

一週間前から稽古に復帰していた尾崎はこの日の二回のリハーサルを無事にこなすことができた、見る限りは体調もよさそうである。それでも先日のことを思いだし心配で琴は幾度となく声をかける。

「ああ、大丈夫じゃ」

「無理しないでくださいね」

琴は子供を諭すかのようにゆっくりと言った。

「みんな、聞いてちょうだい」

メンバーが一斉に圭子に視線を向けた。

「色々なことがあったけど、何とかここまでたどり着きました。あとは来週の土曜日、前日に最終リハーサルと詰めの打ち合わせを行います。各仕事の報告をお願いします、まずは大道具、永谷君」

「すべて完成してます、ただ、今日のリハーサル中、原田さんたちの乱闘場面で光るはずのパトライトが光りませんでした。原因はおそらく接触不良だと思うので来週までには直してきます。岩下さん、パトライトの場面では会場を真っ暗にしてください、臨場感が出るように」

「ＯＫ、じゃそのまま照明と音響の報告です。照明は今日の形で本番もやります、みんな、スポットライトが当たってからしゃべるようにして！　今日はちょっと早すぎた気がする。音楽と効果音も今日の稽古でタイミングがわかってくれたと思います。あと、エンディングのピアノ……残念だけどあかねちゃんのけががまだ完治してないのでテープを使うこととします、《君をのせて》あかねちゃん、それでいいね」

　あかねは少し悲しそうな表情を見せて小さくうなずいた。

「次、小道具」

「ハイ、スベテカンセイデス、コワレタラ、シントナオスノデイッテクダサイ」

「衣装、町田さん」

「みんな、サイズはどうだった？　もしきつかったりしたら今日中に言ってちょうだい。あと前日リハーサルは本番までに洗濯が間に合わないと思うので衣装なしでやります、ご了解を！」

（ランさん、間に合ったわよ）

　智子は椅子に置いてあるランの写真に語りかけた。

「了解、みんなご苦労様」

圭子は全員を笑顔で労った。

「演技もしっかりできてたわよ、前日リハーサルは細かな部分の調整で大丈夫、それじゃ、今日は後片づけをして解散とします」

遅い夏の日没がようやく迫ってくるという午後六時過ぎ、全体ミーティングを終え全員が後片づけをしていた時だ。涼はログハウスを出で何気なく空を見上げた、そして一瞬その場で立ち止まった。

（うん?……あの夕焼け……）

空全体が「あの日」とそっくりの極彩色の夕焼けに彩られていた。

涼は不吉な予感にとらわれた。

「あの日」……この夕焼けが闇に沈んだ後に地震は起こったのだ。大地震の起きる前には何かしらの前兆があるとはよく聞いていた。古くはそれこそナマズや魚のあわただしい動き、野生動物が急にいなくなる、などの言い伝えから現代では山の発光、地震雲と呼ばれる雲の発生、など諸説紛紛だ。確信たる根拠はなくともそれらは過去の先人たちの経験であり、警告として流布することは自然災害の少なくないこの国で生き抜いていくための一つの知恵でもあったろう。

涼はしばらく考えていたがどうしても不安が拭い去れない。

車が一台ログハウスの横にある舗装していない駐車スペースに止まった。バイオレットの軽自動車はあかねの母親の春菜だ、毎週土日の行きと帰りを送り迎えしている。

春菜は涼の姿を見つけると笑顔で会釈してハウスの中に入っていった。

「こんにちは、監督さん、今日もお世話になりました」

「こんにちは、お母さん、あかねちゃん演技頑張りましたよ」

「そうなの、あかね」

「うん、出番は少ないけど、今日はスポットライトを当ててもらってしゃべったの」

「それはよかったね」

「大事な場面だからね、本番も頑張ってね」

「はい、監督、よろしくお願いします」

「よろしい」

あかねはニコッと笑い荷物を取ってくるためその場を駆け足で立ち去った。

「ところでお母さん、あかねちゃんのケガの具合はどうですか？」

「ギブスが取れるのはもう半月ばかり先になりそうなんです、ピアノが弾けなくなってずいぶん泣いてました」

「そうですか……」

「実は今でもずっと練習してるんです」

「でも、ギブスが？」

「左手だけです、本人はお医者さんからいつギブスが取れるとはまだ聞かされてないんです。だから右手が使えるようになった時に困らないようにって毎日左手だけで弾いてます。本人はまだあきらめてないんですよ」

「えらいですね、さっきエンディングのピアノはテープでって発表があった時、さびしそうな顔を見せたのはそういう事だったんですね」

「上演が終わったらそう声をかけてあげてもらえますか？　間に合わないとわかって今週もう一度落ち込む予定ですから」

「わかりました」

ログハウスでの後片付けが終わりかけ何人かが帰宅の準備に入りかけていた時だった。

涼が大きな声でホールのメンバーに呼びかけた。

「おーい、みんな悪いけど集まってもらえますかー」

その声を聞き帰りかけていたメンバーがホールの中央に集まってくる。

「どうしたの、出水さん？」

「監督、ちょっとみんなに話していいですか」

「いいけど、何？」

「秀さん、このログハウスは耐震工事済みですよね？」

「ああ、もちろんだ、同じヘマは繰り返さねえ。見かけは木造だが基礎や肝心な部分はこれ以上ないってくらい頑丈に設計してもらったよ」

涼は深くうなずいた。

「みんな、変な事を言うなって思うかもしれないけど聞いて下さい。実は……もうしばらく帰らないでここにいてほしいんだ」

「なぜ？」

みんなの疑問を代表するかのように圭子が尋ねた。

「監督、僕、見たんです。あの地震があった日、僕だけ夕食を抜けて先に帰りましたよね、覚えてますか？」

「ええ、たしか、大切なお客さんが来る日だって」

「あの日の帰り、車から見えた夕焼けの色が異常だったんです」

「異常って？」

「今までに見たことがない、極彩色の、きれいというよりは不気味で……何とも言えない恐い感じの……とにかく異常な色だったんです」

「それで？」

「今、外に出たらあの日とそっくりの夕焼けが見える……だから……」

圭子は頭を回転させ涼の言葉の真意を理解した。

「じゃ、今日も地震が起きるかもしれないって事？」

「もちろん何の根拠もないんだ、ただ虫の知らせっていうか……」

「あたし、夕飯の支度があるんだけどな」

智子がぽつりとつぶやく。

「僕たちも二人で食事しようって……予約取っちゃったんです、なっ」

和也と香澄が顔を見合わせた。

唐突な涼の願いにとまどうのは当然のことである。

「二時間だけ、いや、日が落ちてから一時間だけでも……」

「どうする、和也さん？」

話が進まない状況で圭子が提案した。

「とにかく、外へ出てみない？　出水さんが言うあの日と同じ空が見えるというならみんなで見てみましょう」

圭子の声にメンバー全員がうなずくとこぞってログハウスの外へと出て行った。

空を見上げた瞬間、全員の動きが止まった。涼の言った通りそれは今までに見たことがないような鮮やかな色の夕焼けであった。涼の言葉を借りるなら極彩色で不気味な色、ただ赤いだけではない、朱色のペンキの中に青や紫の染料を落として撹拌しかけたように渦巻く雲がその朱の中で体をよじらせている。

「何、これ？」

「確かに不気味……」

再びログハウスに戻ると圭子がメンバーに告げた。

「確かに変な空だったわ、ただ、出水さんの心配はわかるけど私としては全員に強制はできないな」

「……」

圭子は涼の不安を察した。確かに話としては少し無理がある、いきなり帰るなといってもそれぞれの予定があるのだ。それでも圭子はメンバーを自然に引き止めることができる言葉はないかと思案した。

「残るか残らないかは一人ひとりの判断に任せます。あたしの考えだけ伝えます。地震予知は現代の気象学では不完全、だから予知や警報を出すのはよほどの勇気と確信が必要だわ。警報を出せばパニックが起きるかもしれない、経済的な損失もはかりしれない、外れれば非難ごうごうといったことは容易に想像できる。だからプロでもためらうんでしょ。でもあたしはこう考えるんだな、警報を出して何もなければそれでいいじゃない、警報を出さずに被害が出るより外れて非難される方がよっぽどいい事じゃないかって」

みんなは圭子の話に真剣に耳を傾けた。

「だってそうでしょ？　警報を出す、当たらなければそれでよし、《運悪く》当たっても心構えができているんだから被害が少なくて済むかもしれない、どっちに転んでもＯＫよね。一番いけないのは外れたからってその人を責める事、だって警報を出す人は人の命が守りたくて出すんだから、それをしたら警報は出せなくなる、出せないままに大地震が起きて、やっぱり出しておくんだったって……それこそ愚の骨頂だと思わない？」

圭子の言葉はそれとなく残るという決断を促すものだった。

メンバーたちは圭子の言葉を聞くとそれぞれに自分の中での結論を引っ張り出した。

「私、残ります、家族にも一応伝えます」

琴が初めに意思を表明した。

「そうね、それをしなくちゃ出水さんの言葉を信じる整合性がないわ、守るべくはあたしたちだけの命じゃないですものね。でも、いいかげんに伝えるとそれこそデマやパニックになりかねないから慎重に言葉を選んで説明するのよ、わかった」

「わかりました」

外れてもいい、琴は涼の言葉を信じようと思った。

33　あかね

「琴が残るなら、あたしも残る、圭奈たちは」

美咲が真っ先に呼応した。

「あたしも二時間だけなら」

「僕も残るよ、避難所の責任者の人に今の話を伝えます、もちろん慎重に。兵助も手伝ってくれるか？」

「はい、もちろんです」

結局シンとリックを含めた高校生たち七名は家に事情を話し残ることになった、加えて出水と独身の岩下、それに圭子が加わった。

「じゃ、僕らは帰ります、もし何かあれば戻ってきますから」

和也と香澄、智子、そしてあかね親子もハウスをあとにした。尾崎はここ数週間圭子が車で送り迎えしているため自動的に残ることになった。

　残ったメンバーは秀さんが差し入れてくれたサンドイッチを食べながらともかく出水の話をみんなで聞くこととした。

「出水さん、あの日も今日みたいな空だったんですか？」

「うん、琴ちゃんたちは屋内にいたから気付かなかったかもしれないけど車で帰る時から真っ赤だった、今まで見たことがない妙な空でね」

「よく聞きますよね、地震雲とか、普段見えない場所でオーロラが見えたとか、科学的にも何かの兆候じゃないかって」

「守君、見たことあるかい？」

「前にネットで調べたことがあります。今なら動画でもありますよ、地震のエネルギーが地殻に何らかの圧力をかけるのが原因とか」

「でも、ほんとなの？」

「まあ、いいじゃない、あたしがさっき言った通り何もなければそれでいいし、それが一番じゃない」

「すみません変なこと言って。でも何となく気になって、監督がそう言ってくれるのでちょっと気が楽になりました」

　真っ赤な空が次第に紫に、そして紺に、群青色に変わり、やがて闇へと変わろうとする頃だった。

「どうやら大丈夫みたいね」

「みんな、ごめんな、変なことに付き合わせちゃって」

「平気、平気、美咲、何となく楽しかったし」

「杞憂でよかったですね」

「ああ、守君、ありがとう」

「ちょっと待って！」

「琴、どうしたの？」

「杞憂じゃないかも、音が聞こえない？」

琴の言葉から五秒と経たず、地鳴りのような音と共に揺れが始まった。

「地震よ！　みんなテーブルの下にもぐって！」

「早く！」

「大丈夫だ！　この建物は倒れん、とにかく隠れろ！」

圭子、涼、そして秀さんがほぼ同時に叫んだ。

揺れは横揺れ、時間が経つにつれて大きくなっていく、大道具で作った黒い門が揺れに耐えきれずに倒れ、門の上につけられていたパトライトが砕け、フロアーに赤いプラスチックの破片が踊りまわった。

「みんな！　大丈夫？」

一分ほど続いた揺れはメンバーの緊張をぎりぎりまで引っ張り、やがて治まった。

「ふーっ、どうやらこの間程じゃなかったみたいだな、でも間違いなくあの日以来最大の余震だ」

涼はひとまず安堵し周りを見渡した。

「出水さん！　やっぱり来た、出水さんの予感が当ったのよ！」

声の主は琴、興奮冷めやらぬ様子だ。

「みんな、けがはないか？」

「大丈夫です、ここにいて良かったわ。秀さん、建物は何ともないですよ」

「おお、琴ちゃん、あんな怖い目には二度とあわせないからな」

ログハウスでの被害は倒れた大道具のみで、全員けがをすることもなかった。結果として涼の予感は的中することとなったのである。

「高校生のみんなは家族に連絡して！　出水さんと私で帰ったメンバーに電話してみる」

幸いなことに大きな被害は入ってこなかった。停電も、水道、ガスといったライフラインも無事であった。メンバーはテレビのニュースから流れる報道にひとまず胸をなでおろした。

「手嶋君と香澄さんも無事よ、出水さんの予言に驚いてたわ」

「町田さんも大丈夫とのことです」

「避難所も被害はないみたいです、責任者の方がやっぱり驚いてました。みんなにはパニックにならないような言い方で心の準備だけはしてもらったそうなんです、おかげで直ぐに避難準備もできたって電話で感謝されました」

涼、そして守の報告がメンバーをさらに安堵させた。

「あかねちゃんのところだけずっと留守番電話なの」

「えっ、それは心配」

「連絡を待ちましょう、それしかないわ」

その日は結局、全員「吉田ファーム」に泊まることになった。ここが一番安全だろうという判断からだった。震災の教訓から非常用の食料、水なども倉庫に備蓄がある。夏だけに寒さで困ることがなかったのも幸いだった。近くに住む人たちも何世帯か駆けつけ、この夜のログハウスはさながら小さな避難所のようだった。

大事には至らなかったがだれもが「あの日」の恐怖や悲しみを思い出し、緊張した夜を過ごす、椅子の上ではランの写真が静かにメンバーを見つめていた。


翌日の昼過ぎの事である。

琴たち高校生はそのまま「吉田ファーム」に残り、大道具の修繕を行っていた。ハウスの外に車が止まる音を聞いて、みんなが何気なく窓の外に視線をやった。

「あの車、あかねちゃんだわ」

琴がそう言うと軽自動車からあかねの母の春菜が下りてきた、一人だけである。

「こんにちは」

「あかねちゃんのお母さん、ご無事でしたか」

「ええ、監督さん、それに出水さん、昨日はごめんなさいね。あなたの言う通りになって本当に驚きました」

「とんでもないです、無事ならそれが何よりです、ところであかねちゃんは？」

「家に居ます。監督さん、みなさん、ちょっとお話ししたいことが……」

春菜は圭子たちに向けて心配そうな表情を見せながら歩み寄る。

「まあ座ってください、みんながいてもいいですか？」

圭子が琴や涼の同席の許可を確認する。

「はい、逆にみなさんが居て下さった方がありがたいです」

「どうぞ」

圭子が春菜に着席を促す、それと同時にハウスの中に散らばっていたメンバーに声をかけた。

「みんな、ちょっと来てくれる」

「はーい」

圭子と涼、高校生メンバーの七人が集まり、春菜を囲むようにしてそれぞれ椅子に腰かける。

「それで、なんでしょう、お話って？」

圭子が春菜にあらためて尋ねた。

「実は、昨日の夜、あたしたちは家に帰り、食事を終えた直後に地震が来ました。あかねもびっくりしてました、出水さんの言ったことが当たったたって」

「たまたまですよ」

「あたしもあかねも無事でした、家も高い所には物を置いておかなかったんで壊れたものもありません、ただ……」

「ただ?」

圭子の問いかけに対してメンバーの誰もが春菜の答えを想像できず、緊張した顔で言葉を待つ。

「あの子のおじいちゃん……あたしの父になりますが、今は入院中なんですが病院から連絡があって」

「覚えてます、メンバーの尾崎さんの病気の話をしたとき、自分のおじいちゃんも入院してるって」

「その父です、心臓がよくないんですが昨日の地震がショックで容体が急変しまして……」

(亡くなられたんですか)と圭子は思わず口にしかけ、すんでのところでその言葉を押しとどめた。

「意識がない状態なんです」

「そうでしたか……」

「前回の地震がトラウマになっていたんでしょうか、昨日の地震の時もひどくおびえた様子で、その後急に具合が悪くなったと連絡を受けました」

「それで?」

「主人は単身赴任で関西に行っていませんのであかねと二人で急いで病院に向かいました。今すぐに命がどうというわけではないのですが反応がなくて人工呼吸器で延命しているという感じです」

「あかねちゃんの様子は？」

「はい、それがその姿を見てあかねが動揺してしまって……父親が家にいない分、本当におじいちゃん子だったものですから、おじいちゃんが死んじゃうって泣き止まなくて……」

無理もない、と琴は思う。

まだ十(とお)にも満たない幼いあかねがわずか二か月という短い期間に、自分も命を落とすかどうかという恐ろしい体験と腕の骨折という痛みを味わい、さらにはおそらく生まれて初めてであろう、ランという身近な人間の死に向き合いもした。それから尾崎の病気の話に加えて今回のおじいちゃんのこと、心と体にどれだけの傷を負ったことか、あかねの気持ちを思うと琴は胸を痛めた。

「来週の劇の上演でみなさんにご迷惑をかけるかもしれないことも心配なんですが、その前に……」

春菜は一瞬言葉を失う。

「その前にあかねちゃんの心……ですよね」

琴の言葉に春菜は涙をこぼしながらうなずいた。

「お母さん、劇の事は心配しないでください、精神的に無理なら舞台のそでに居てくれるだけでもいいです、ねっ、監督」

「ええ、ただ、あかねちゃんは私たちの仲間ですから、どんな形でも参加してさえくれればそれで大丈夫ですよ」

「ありがとうございます……」

「それよりも、今のあかねちゃんが心配、私たちにできることがあれば、声をかけてもいいし、一緒に話してもいいし、私の家に泊まってもいいですよ、両親に頼んでみますから」

「ありがとう……母親一人じゃなかなかあの子の全部を受け止められなくて……」

春菜は涙を瞳に一杯溜めながら深く頭を下げた。

「お母さんにとっても、自分のお父さんが危篤状態なわけですよね、冷静になれっていう方が難しいです」

「お母さん、監督の言う通りお母さんはお父様についていてあげてください、ずっと看病してあげてください。もし、お母さんがよければあかねちゃんは私たちが面倒見ます、ずっとついています、あたしたちまだ夏休み中だからできますよ、心配しないで下さい」

「はい」

「あかねちゃんを連れてきてください、私たちが預かります」

圭子の提案に春菜は再び深々と頭を下げた。

「みんな、待ってますから」

34　奇跡

翌日の昼過ぎ、琴たちが昨日同様大道具を作っているところに春菜があかねを連れてやってきた。あかねは下を向きながら……うかない表情でギブスを巻いて吊られた右手は変わらぬままで見ていてとても痛々しかった。

「あかねちゃん、こんにちは」

「こんにちは」

「村上さん、ほんとうにすみません」

「いえ、おじいちゃんは大丈夫ですか？」

「一進一退といったところです」

「あかねちゃんの件、両親に話しました。落ち着くまでずっと居ていいって言われました、安心して看病して下さい」

「ありがとう、お言葉に甘えさせてもらいます」

「みんなが助け合わなくちゃいけない時です、私もみんなに助けてもらったんです」

「ゆうべもずっと泣いててね、あかね、いい子にしてるのよ、お母さんお昼に毎日来るからね、何かあったら病院に電話するのよ」

　春菜はあかねに言い残すと病院へと戻っていった。

「みんな、あかねちゃん来たよ」

　ハウスの隅で作業をしていた四人が集まってきた。

「あかねちゃん、日曜日頑張ろうね、美咲も頑張るから」

「元気出しなよ！　おじいちゃんきっと良くなるよ、僕も応援してる」

「はい、僕もそう思います」

「あかねちゃんの演技けっこうすごいんだよな、名子役っていうかさ、いじめられて泣くシーンなんて思わずあたしももらい泣きしちゃうんだよね」

「うん、圭奈ねえちゃんの言う通りだよ、いっしょに頑張ろ」

琴たちはそれぞれにあかねに声をかけた、しばらく黙っていたあかねがようやく重い口を開いた。

「おじいちゃんのためにがんばる」

その言葉を聞いて琴は思わず他のメンバーの顔を見つめ微笑んだ。そして腰を下げるとあかねの目線になってその頭を大げさになでてみせた。

「えらいぞ、ねっ、おとといの地震で壊れた道具を直してるの、手伝ってくれない？」

「はい、手伝います」

「じゃ、こっち来て、ここのところの剥げちゃったペンキを塗り直すんだ、私左手で押さえられないから押さえてくれる」

「わかりました」

あかねを励ましながら公演まで引っ張る、琴の心の中にもう一つ新たな決意が加わった。

「出水さん、どう、いよいよ本番だけど、広報は順調？」

二度目の大きな地震は幸いにも公演の中止や延期という最悪の事態につながることはなかった。

圭子は演劇以外の準備が気がかりだった。

果たしてどのくらいの人が見に来てくれるのだろう、ハウスのキャパは百席程度だが心の中ではある程度覚悟もしていた。不安と緊張の日々を過ごしながら必死に毎日を過ごしている震災後の町の人々、素人の演劇を見に来てくれるほど余裕はないだろう。あまり期待しすぎても落胆するだけだ、常に強気な圭子も今現在の心境はちょっぴり弱気だった。

この激動の二か月を思うとたとえ観客が少なくても構わない、見に来てくれた人のために全力でやれればそれでいい。そして、尾崎が悔いの残らぬように演じてくれれば、そんな小さな希望で頭の中はいっぱいだった。

「そうですね、美咲ちゃんのビラは合計で千枚配りました。予想は……全くつかないです。いっぱい来てくれる気もするし、客席はスカスカかもしれない、予想がつかないですね」

「いろいろあったわね」

「監督、まだ感傷に浸るには早いですよ、とにかくやれることを最後までやりましょう。何があるかわからないですよ、尾崎さんの事、あかねちゃんの事、それに当日までにまた地震があるかもしれないし、僕もそう考えることにしてます」

圭子の不安そうな表情を察してか、涼が力強く話した。

「あら、ずいぶん図太くなったじゃない、頼もしいわね」

「ええ、この半年で変わりましたよ、変えてくれたのは監督や琴ちゃんじゃないですか、今でも山荘の夜の事は忘れません」

その夜、琴は自宅の部屋で眠れずにいた。

四日後の上演への思いが日を追って緊張とともに大きな重荷のような感覚となって琴を包んでいた。

（初めての舞台、それもみんなの中心として演じなくてはいけない、台詞を忘れたらどうしよう、上手く演じられなかったらどうしよう、何より誰も見に来てくれなかったら……）

漠然とした不安ばかりが頭の中をよぎった。

その時である、かすかな声が聞こえた。

（あかねちゃん？）

隣で寝ているはずのあかねだ。はっきりとした声ではなかった、それはすすり泣く声だった。

「あかねちゃん、どうしたの？」

琴は小さな明かりだけに照らされたあかねの顔をそっとのぞく。泣いているのがわかった。

「大丈夫？　お母さんがいなくて淋しいのかな」

「こわい……」

「平気！　こわくないよ」

あかねは小さな体を摺り寄せて、琴の手を握った。

「ランさんも死んじゃった、尾崎さんも病気だし、おじいちゃんも……死んじゃう」

その言葉を聞き、琴はあかねの気持ちを思いやった。

（不安なんだ、とてつもなく心配で、怖くて、不安なんだ）

琴はあかねの顔に自分の顔をくっつけるようにしてささやく。

「大丈夫、おじいちゃんはきっと元気になるから、あかねちゃんが泣いてるとおじいちゃんもきっと心細くなるんじゃないかな」

「本当に？　元気になる？」

「なるよ、そのためにもあかねちゃんが頑張らなくっちゃ」

「うん」

「そうだ、眠れないならピアノの所に行こうか」

「ピアノ？」

「そう、おねえちゃん、お母さんから聞いたよ。あかねちゃん今でもずっと片手で練習続けてるんだってね、えらいね、よかったら弾いて聴かせてよ」

「でも夜だよ」

「おねえちゃんもずっとピアノ習ってたんだ、音がもれずに練習できる部屋があるの、行ってみる？」

「うん」

琴はあかねの手を握り、かつて自分が練習に明け暮れたピアノのレッスン室へと連れて行った。

長年弾き続けたグランドピアノ、手の自由を奪われて以来久しぶりに部屋に入る。一度は絶望し二度と入るまいと誓った部屋になぜか自然に入っていける自分に少し驚きながら。

暗がりの中、大きなグランドピアノは二人をおだやかに迎えた。窓からは明るい月明かりがやわらかに差し込んでいる。その光があまりにもきれいで琴は部屋の灯りをわざとつけずに手元を照らす鍵盤灯だけにスイッチを入れた。

琴は右手でゆっくりと鍵盤の蓋を持ち上げる。

すると、薄暗い部屋の中に白と黒の鍵盤がまるで長い冬眠から目覚めたかのように、まるで新しい命を吹き込まれたかのように、鮮やかに、鮮やかに浮かび上がった。

琴は椅子の上にあかねを座らせると耳元で優しくささやいた。

「弾いていいよ、あたしは後ろで聴いてるね」

あかねはしばらくじっと鍵盤を見つめる。ただじっと鍵盤を見つめるばかりだ。

「どうしたの、弾かないの？」

部屋の後ろにいた琴が声をかけた。

するとあかねは、鍵盤に触れることなく吊った右手でバランスをとるように椅子からゆっくりと降りた。そして振り向くと琴の方へと静かに歩み寄った。

あかねは琴の足元まで近づく。

琴の真下にあかねの顔が見える

あかねは琴の顔を見上げて言った。

「おねえちゃん、一緒に弾こう？」

「えっ？」

琴は一瞬戸惑う、あかねがその小さな左手で琴の右手をつかんだ。

「あかねの左手と……おねえちゃんの右手で……」

「あかねちゃんの手と……あたしの手……」

「うん、二人で一人だよ」

琴はその言葉を耳にした瞬間目から涙があふれ出した。とめどもなくとめどもなくこぼれ落ちる涙が止まらなかった。そしてひざまずくと右手であかねの体を引き寄せて力いっぱいあかねを抱きしめた。

「あかねちゃん！」

「あかねはおねえちゃんの左手、おねえちゃんはあたしの右手だよ」

「そうだね、そうだね！　一緒にやれば弾けるね！」

琴は声を上げて泣いた、思いっきり泣いた、あかねが少し驚くくらいに。

「そんなに泣いちゃだめだよ、おねえちゃんがあかねに言ったじゃない」

「うん、ごめんね、ごめんね、でも嬉しくて涙が止まらないの、許してね、あかねちゃん。それから、ありがとう！　ありがとう！」

琴はもう一度あかねの体を強く抱きしめた。そして、あかねと同じ目線になるようにして顔を目の前まで近づけささやいた。

「弾こうか」

「うん」

琴は本棚からアニメソングの楽譜を取り出した。

「はい、《君をのせて》」

「うちにあるのとおんなじだ」

「椅子持ってくるね」

琴はもう一脚椅子を持ち出しピアノの前に並べて座った。

「じゃあ、いくよ、はじめはゆっくり」

月明かりが忍び込む薄暗い部屋の中、二人の奏でる《君をのせて》がゆっくりと歩みを始めた。

最初はぎこちなく……。

琴の右手が奏でるメロディーと、あかねの左手が醸し出すベース音は次第に溶け合い、やがて一体となる。そして最後には完全に融和し月明かりに照らされた部屋を優しく優しく包み込んだ。

琴は右手で鍵盤をたたきながらまだ涙が止まらなかった。もう弾けないと頑なに思い込んでいたピアノ、それが今こんなにやさしいメロディーとなって心に沁み込んでくるではないか、琴にはそれが奇跡のように思えた。

（絶望なんてないんだ！　自分が勝手に思い込んでいただけなんだ！）

今、二人の片手は一人の両手となり、絶望という言葉を希望という言葉に見事に変えてみせたのである。

二人が曲を弾き終えると部屋をまた静寂が包み込んだ。窓から差し込む月明かりはさっきよりも増して美しかった。

「できたね」

「うん、できた」

琴はもう一度あかねの体を全身で包み込み抱きしめた。

35　代役

上演を翌日に控え「吉田ファーム」のログハウスでは全員が揃ってのリハーサルが行われた。午前中、照明、音響を含めて衣装以外のすべてが本番と同じように通して、一人二役の者、役者と裏方の二刀流、メンバーたちは忙しく立ち回る。一通り終えた後に圭子は全員を集めてミーティングを行った。

「何か気付いたことがある人？」

守が手を挙げて発言を求めた。

「全体的にはよかったと思うけどいまだにプロンプに頼ってる時があります。僕も含めてだけど、いっそのことプロンプは無くした方がいいいと思います」

「なるほどね、みんなはどう？」

「私も、安心は安心だけどそれじゃダメなんじゃないかって」

琴が続いた。

「よし、その意気込み買うわ、岩下さん、プロンプターなしでいきましょう。台本通りじゃなくたって構わないからね、学校のテストじゃないんだから細かい台詞のミスは気にしないこと。ほかには？」

「ここで見てるともうすでに緊張しているのが伝わってきますね、下を向いて台詞を言ってる人が多いです」

音響と照明を担当する岩下が発言した。

「緊張するなという方が無理だけど明日は今までに経験のない人前での演技よ、とにかく下を向くのはやめましょう。じゃあ、お昼を食べたら午後は最終リハーサルよ、それぞれ気を引き締めてね」

「はい！」

全員が声を上げミーティングがまさに終わりかけたその時、後ろから声を上げるものがあった、香澄である。

「監督！　尾崎さんが」

全員が振り向くと、尾崎がみぞおちのあたりを押さえて苦悶の表情を見せていた。

「尾崎さん、大丈夫？」

「ああ、大丈夫じゃ、これしきの痛み……」

「出水さん、坂本先生に連絡して、それから薬も」

「わかった」

連絡を受けて坂本が駆けつけたのは十五分ほど過ぎた頃である。坂本は尾崎の容体を確認すると痛み止めの注射を打ち圭子に説明を始めた。

「明日が本番でしたよね、本人は大丈夫と言っているがおそらく痛みはかなりひどいはずです。痛み止めの薬にも耐性があってだんだん効きにくくなってくる、そんな時期です。とにかくこのまま今日は連れて帰りますから、準備が終わったら夜にでも来てくれますか」

「わかりました」

尾崎が病院へと向かい、午後の最終リハーサルが行われる直前である。メンバーたちが全員感じているであろう心配を涼が代弁するように圭子に告げた。

「監督、もし、もしですよ、尾崎さんがこのまま来られなかったらどうするつもりなんですか」

「尾崎さんの代わりは誰にもできない、誰よりも台詞は長いしあの迫力は代わる人がいないです」

「そうだよ、劇自体ができなくなっちゃうじゃん、たくさんの人を招待してるのに」

「みんなの前で中止ですなんて言えない」

涼の不安をふくらませるように、守が、圭奈が、美咲が心配を次々に口にした。

「監督、どうするのか教えてください。そうでないとこのまま尾崎さん抜きで最終リハーサルに臨めません」

琴が最後に自分の思いをぶつけた。

もしトラブルがあって他のメンバーに何かがあっても今まで練習してきた連帯感、かけてきた時間、琴には何とかなるような気がしていた。現に岩下や智子は裏方と役者の二股をかけていたし、白の使者や黒の使者のメンバーを減らして、空いた役に当てれば最低限の演者は確保できる。琴も含めて自分以外の役の台詞も頭の中にほぼ叩き込まれている、心配ならばプロンプターを復活させればいい。

しかし、尾崎だけは違う。他の役と台詞の量も、長さも、全く違うのだ。そして演じている役柄も、琴が仮に尾崎の代役をやれるかといわれれば答えはもちろんＮＯであった。

「監督、最後のリハーサルをどうするんですか」

琴たちの不安はシンにもリックにも、和也にも香澄にも、メンバー全員に広がった。全員の視線が舞台上の椅子に座る圭子に注がれる。

「みんな、今までに教えてきたことを思い出してちょうだい」

圭子がようやく重い口を開く。

全員が集中する。

圭子は言葉を続けた。

「ないものねだりをしてはいけない、私は尾崎さんが頑張ってくれることを信じるわ。でも、もしドクターストップがかかったら、その時はいる人間でやるしかないじゃない、今までそう教えてきたはずよ」

「でも、尾崎さんの役はだれも代わりができない！　物理的に不可能じゃないですか？」

涼が叫ぶように言った。

「いるでしょ」

圭子はおもむろに振り返ると舞台の一段も二段も高い所に造られた大道具の岩をゆっくりと登って行った。

そして岩の上にある椅子に腰かけると足元に置いてある杖を持った。そして腹の底から絞り出すような声で客席にいるメンバーたちを睨みつけると、尾崎が言うはずの台詞を朗々と謳いあげた。

『わしの語ったお前たちの未来はみんな途中までじゃ。踏切へ行っても気が変わって帰ってくるかもしれん、オートバイが転落しても死ぬとは限らん、ロッカーに捨てられても誰かが見つけてくれるかもしれん、ならば、力の限り生きてみればよいではないか！』

それはまぎれもなく長老の声だった。腹から絞り出す、威厳に満ちた、人の心を震わせるような声だった。声だけを聞けばだれも圭子だとはわからない、全員は驚愕した。

「監督……」

琴は圭子の意思を察して、舞台へ上がると圭子を見上げて台詞で応えた。

『そんないやなことが待っているのに、私たちは何のために生まれていくの？』

二人の掛け合いをメンバー全員が固唾をのんで見つめた。

『戦うためじゃよ。自分の境遇、自分の能力、世の中の不正や悪、すべての醜いものと戦うためじゃ。子供が捨てられたり、自殺したり、落ちこぼれたりしてはいけない。手や足の不自由な人が堂々と生きていける社会でなければいけない、そういう世の中を作るために人は生まれるのじゃ』

そして、圭子は持っている杖でハウス中に響くくらい強く、大きく床を打ち鳴らした。さらに、その杖の先を眼下にいるメンバーに向けると次に続く台詞を阿修羅のごとく叫んだ。

『お前たちは……まだ何もしていないではないか!!』

圭子の言葉はメンバーたちの胸に突き刺さった。それですべての答えが出たのだ。

「じゃ、最終リハーサル、通していくよ。これが正真正銘の最後だからね、私たちの目的は町の人たちに勇気や元気を与えることだったわね。みんなの心の中に迷いがあったらそんなこと不可能よ、よけいな事を考えず全てを注ぎ込んでみなさい、いい！」

「はい！」

全員がはち切れんばかりの声で応えた。


最終リハーサルはこうして終わった、その後、メンバーたちは翌日の上演に向けて最後の準備を行う、飾り付け、そうじ、案内板の設置、駐車場のライン引き、椅子の整列、食べ物や飲み物の用意、車いすのスペースも二十台分を確保した。ここに明日の上演の準備はすべて整った、涼は最後にハウスの入口に立て看板を取り付けた。

《劇団　AGAINST　公演「Good Bye My」
立ち上がれ清森の町よ！》

圭子はその夜、坂本の病院へ尾崎を訪ねた。

「尾崎さん、具合はどうですか？」

「今日の最終リハーサルの事、聞きましたわい。監督が代わりにやってくれたらしいですの」

「よく御存じで」

「さっき琴ちゃんが来ましてな、教えてくれました」

「そうですか、だから本当に具合が悪ければ無理しないでください」

尾崎は圭子の言葉に微笑み、そしてその後表情を引き締めておだやかに言った。

「監督さん、わしゃその話を聞いて心が燃えました」

「えっ」

「役を取られてなるものかってぇの」

圭子はその言葉を聞き微笑んだ。

「その心意気ですわ、尾崎さんがだめなら遠慮なく私が取っちゃいますから」

尾崎はにっこりと笑って返した。

「わしゃ、明日の公演に文字通り命を懸けてますから、絶対にこの役は渡しません」

「坂本先生、どうでしょうか、尾崎さんの具合？」

「どうもこうもないでしょ、ここで私が明日は出さないって言ったら化けて出られるのがオチですからね。明日は最初から最後まで見届けますよ、薬と注射を持ってね」

「ああ、監督さん、坂本もこうして言ってくれとる、最後の花道と思ってこらえておくんなさい」

「何言ってるんですか、尾崎さんがいなくちゃ駄目なんです。あたしじゃ尾崎さんの本当の代わりはできないですから」

「尾崎、これだけ期待されてるんだ、しっかりやれよ。さっき来た高校生の彼女も言ってたろ、監督さんが代役やったけど迫力不足で全然代わりにならなかったって、監督さんには失礼だけどお前がやるしかないんだよ」

「琴ちゃん、そんなこと言ったの？　よし、明日いじめてやらなきゃ」

圭子は微笑むと尾崎の手を両手で包み込んだ。

「尾崎さん、今日はゆっくり休んで。明日は朝の八時にお待ちしています、上演は午前の十一時からです。坂本先生、どうぞよろしくお願いします」

尾崎は圭子の手を自分から両手で握り返した。

「死ぬ気で頑張りますわ、よろしくお願いします」

「こちらこそ」

圭子は自宅へ戻る前に山下家に寄った。大事な「仕事」を一つ残していたのである。ドアのブザーを鳴らし緊張した面持ちで両親が出てくるのを待った。ほどなくして、山下の母親が顔を出した。

圭子は玄関先で深々と頭を下げ要件を伝えた。公演の日は日曜日である、圭子はこの日だけは謝罪の日を変えてもらえるよう前から頼んでいた。前日にもう一度あらためて願い出ておきたかった。そして、心の奥底ではできることなら公演を見に来てもらえることも望んだのである。

「わかりました、明日はいらっしゃらなくて結構です」

山下の母親は淡々とそう伝えた。

圭子はもう一度深々と頭を下げると大きく一つ息を吐き、静かに家路についた。

36　本番

八月三十一日は早朝から快晴だった。底抜けに明るい夏の日差しは真夏日を予想させ緑に囲まれた清森の町には早くも蝉の声が聞こえてくる。

琴は緊張からいつもより早く起き朝食のテーブルに着いた、六時過ぎの事である。

「上演は十一時からだっけ？」

「うん、私は七時に出るけど」

「お父さんとお母さんは開演までには行くから、駐車場はあるんだろ？」

「大丈夫だと思う、五十台くらいは停められるから」

「どれくらいの人が来てくれそうなの？」

優子の問いかけに琴の右手に持ったフォークが一瞬止まった。

「どれくらい、来てくれるかな……心配」

「随分、頑張ってビラ配ったんでしょ」

「うん、でも素人劇団の初公演だからね、満員にはならないと思うんだ。それでもいいの、来てくれた人が元気になってくれるように頑張るから」

「そうね、お母さんもそう思う、あかねちゃんも頑張ってね」

優子は琴のとなりにちょこんと座っているあかねの方を見て微笑んだ。

「はい、がんばります、夕べもおねえちゃんといっしょにいっぱいピアノ練習したから」

あかねは琴の顔を見ながら言った。

「うん、大丈夫、大丈夫、バッチリだよね。でも、お客さん全員身内だけだったりして」

琴は心の奥にある心配を口にすることでその不安と緊張を紛らせようと試みた。

心配は山ほどある。自分自身、与えられた役をしっかり演じられるだろうか、お客さんは来てくれるだろうか、尾崎さんは舞台に立てるだろうか。でもここまで来たらやるしかない、琴は自分にそう言い聞かせると大きなスポーツバッグを肩に担ぎあかねを連れて家を飛び出した。

午前八時、会場となる「吉田ファーム」のログハウスにメンバーが集合した。そこには尾崎の姿もあった、坂本が車で連れてきたようだ。尾崎が無事に来てくれたこと、さらには坂本が一日付き添ってくれるという言葉にメンバー全員が胸をなでおろした。

「集合！」

圭子の声にメンバーが舞台に集まった。

「開演までの確認をするわよ、まず、役者のメーク、町田さんお願いします」

「了解しました、一人ひとり呼ぶから呼ばれた人から事務室に来てください。一人あたり二十分くらい、尾崎さんだけは長めになります。汗でメークが落ちる可能性があるから、大変だけど水分は最低限の補給でお願いします。制汗スプレーも使ってね、メークが終わったらあまり外へ出ないで空調のあるハウス内に居て下さい」

「メーク以外の人は自分の部署の最終チェック、特に音響と照明は、岩下さん、念入りにね」

「わかりました。それから、急な変更になるけど、エンディングはテープではなくてピアノの生演奏になります、ピアノは十時に搬入の予定」

「あかねちゃん、琴ちゃん、ぶっつけ本番になるけど頑張ってね」

あかねと琴は顔を見合わせて小さくうなずいた。

「秀さん、場内整理をお願いします」

「おお、駐車場の誘導に二人、車いすの誘導に一人、うちの従業員をつけるから。一応整理券も用意した。母ちゃんが配ってくれるから百席分で先着順に指定席になってるよ、こいつが全部なくなることを祈ってるよ」

「次、衣装、香澄ちゃん」

「はい、洗濯済みの衣装が控室に置いてあります、メークが終わって開演の三十分前には着替えを済ませてください」

「それじゃ、次に全員が集まるのは開演の三十分前、舞台裏控室よ、それまで空いた時間は各自で台詞の確認をしておくこと、いい！」

「はい！」

「よし、では解散！」

開演に向けてそれぞれが持ち場に散り、準備が始まった。

琴たち五人組は大道具をセッティングし、立ち位置や台詞を個々に確認しながら自分のメークの順番を待った。


「いよいよだね、美咲緊張しまくり」

「あたしも、身震いするっていうか」

「圭奈でも緊張するんだ」

「琴、それはひどいじゃない？」

「ごめんごめん」

「たくさん見に来てくれるといいですね」

「ひょろすけのとなりのおばあちゃん来てくれそう？」

「そう願ってます」

「みんなで全力を尽くそう」

守の声に四人は力強くうなずいた。


「シン、セリフ、ダイジョウブ？」

「ＯＫ！　マチガエタラ、ナントカゴマカスカラ、リックモガンバレ」

「ジシンニマケルナ！　ガンバレ！　キヨモリ！」

リックとシンはがっちりと握手をしてそれからハイタッチで気合を入れた。

「香澄ちゃん、あたしこのあとメークで手が空かなくなるから、例のあれだけど大丈夫だよね」

「はい、もちろんです。最前列の端の席を一つキープしておきました」

「ランさんにしっかり見てもらわないとね、衣装も、メークも」

香澄は風呂敷に包んだランの写真を大事そうに抱えると部屋の隅のソファーにそっと置いた。

「ランさん、始まるまでここで待っててね」


日が高くなり、開演の時間が刻々と迫ってきていた。時間は十時十五分、予定の時間よりも十五分早く全員が舞台裏の控室に顔をそろえた。

衣装をまといメークも済ませ、あとは本番を待つばかりである。開演までの時間が待ち遠しくもあり、また、もっともっと時間が欲しくもあった。緊張感がホール全体にそして劇団員全員に広がっていく。誰もが一時的に無口になっている、気持ちを集中させようとしているのだろうか。

「ねぇ、見て！　すごいよ！」

舞台袖から客席を覗き込んだ美咲が思わず声を上げた。

「うそ、信じられない」

琴の声に全員が舞台袖から客席を覗き見た。

そこには思いもよらぬ光景があった。

開演を待たずして客席がすべて埋まっている、すでに椅子に座れない人が客席の後ろに立ち始めてさえいるのだ。中には自前の椅子を持ってきている人もいる、かろうじて空いているのは車椅子のスペースだけである。外からは秀さんの奥さんの叫ぶ声が聞こえてきた。

「ここからは立ち見になりまーす、車椅子の方が優先でーす」

秀さんが息せき切って控室に飛び込んできた。

「みんな見たか、もう満席だよ！　まだまだ人がやってくる、駐車場も満車だし席も立ち見だよ、場内整理が大変だ！」

「驚きました」

「監督、頼みがある。この様子じゃ捌ききれない、複数回の公演を案内してもいいかい？」

その声を聞き、メンバー全員が喜びを体で表した。

圭子は瞬時に判断して集合をかけた。

「みんな集合」

「聞いての通り、こんなにたくさんの人が来てくれました、公演回の追加要請があったけど、できる？」

「もちろん、全員の人に見てもらえるまでやりましょう！　満席だから帰ってくださいなんてとんでもないです」

和也が、いの一番に声を張り上げた。

「尾崎さん、どうですか？」

「わしゃ、今日一日に命をかけとると言うたろう、望むところじゃよ」

尾崎が大丈夫ならば他に何ら支障はない。

「秀さん、ＯＫです」

「よし、すぐに案内する。立ち見を入れて百五十人になったら次の回に案内する、上演時間は三十分だから二回目の上演時間は午後の一時からということで」

「ＯＫよ、お願いします」

「がってんだ！」

秀は勢いよくハウスを飛び出していった。

開演十分前、客席は埋まり、場外では午後の公演の整理券が配られ、一回目の上演に入れなかった車で来ていた多くの町の人々は一度会場を後にしようとしていた。駐車スペースも即席で倍以上に広げられていた。

「みんな、集合！」

「はい！」

「円陣！」

「はい！」

メンバー全員は円陣を組み圭子の言葉を待つ。

「いよいよ本番よ、こんなにたくさんのお客さんが来てくれた、まずはそのことに感謝しましょう」

「はい！」

「美咲ちゃん、意気込みは」

「はい、今までみんなで練習してきたこと、全力で演じます」

「永谷君、私たちの目的は」

「はい、心や体に傷を負った町の人たちに勇気と元気を与える事」

「圭奈ちゃん、心がけることは」

「はい、下を向かない、客席の奥まで聞こえるような声を出す」

「細川君」

「はい、避難所からみよしさんが来てくれました、何としても生きる勇気を持ってもらえるよう頑張ります」

「琴ちゃん、最後にみんなに……長くなってもいいよ」

琴は圭子の声を受け取ると大きく一つ深呼吸して仲間の顔を見た。

ゆっくりと、しかし、自信に満ちた言葉で……。

「はい。三月、絶望しかけていた私は監督と出会い、出水さんと出会い、それからここにいるみなさんと出会い、生きていく希望をもらいました。本当にうれしかった、今日は私にとってはその恩返しです。監督に、出水さんに、ここにいる仲間に、そしてわざわざ足を運んでくれたたくさんの町の人たちに、勇気と希望をあげることができるように心を込めて一生懸命演じます！」

　圭子が笑顔でうなずく。

「よし、みんな失敗を恐れないで、今まで稽古してきたことをそのままやればいいからね。誰かがミスをしたらほかの仲間がカバーすればいい、それが仲間だから、仲間を信じて精一杯頑張るよ、じゃ、みんな手を合わせて」

　メンバー全員の手が圭子の上に重ねられた。

「劇団AGAINST、いくぞっ！！」

「おーっ！！」

　圭子の掛け声に呼応したメンバーの声は客席にまで大きく響き渡った。

37　カーテンコール

　午前十一時、幕が上がった。最前列の端の椅子の上にはランの遺影が飾られ舞台を見つめていた。

　真っ暗な舞台に不気味な音楽が流れ、やがて少しずつ視界が開けていく。

『ここは、どこ？』

『私は、誰？』

『僕たちはなぜここにいるんだ』

『うわっ！』

『おめでとう、諸君、ここは人間を世の中に送り出すところ。人は皆ここから生まれていく。お前たちはもうじき「オギャー」と産声を上げて人間として生まれていくのだ』

スポットライトに照らされて尾崎の姿が三人の頭の上に浮かび上がる、メークをした尾崎はまさに天界の長老そのものだった。低く凄味のある声が客席の奥まで地を這うように響き渡る。

「ねぇあなた、本格的じゃない？」

「ああ、もうすぐ琴の出番だぞ」

舞台が進むにつれて観客は惹きこまれていった。音楽も、照明も、演出も、全ては素人に毛が生えた程度のものである。しかし、メンバーたちは全身全霊で役に、裏方に没頭した。今までのすべての思いを胸に演じた。笑い、泣き、叫び、舞台いっぱいに駆け回り大きな演技を見せた。特に尾崎の演技は鬼気迫るものがあった、文字通り命を懸けた一世一代の演技であった。

物語は核心の場面へと入る。

舞台が暗転し真っ暗な中、不気味なサイレン音がけたたましく鳴り渡った、同時に暗闇の中、消滅の黒い門の上にあったパトライトが血の色のように真っ赤に回り始めた。


『十月十四日、学校前の交差点において少女十二歳ダンプカーにはねられ即死しました』

『したがって欠員一名！』

『誕生一名！』


『琴、お前の番じゃ』

『さっ、行きましょ、私の手につかまって』

『いや、私行きたくない』

『どうして？』

『私怖い、生まれてすぐ死ぬのなんていや！　私生まれてすぐに捨てられるんでしょ、駅のコインロッカーに』


『さあ、一緒に行きましょ、私が案内するわ』

『生まれるのが嫌なら黒い門をくぐればいい、そこを通れば消えていくだけだよ』


全ての観客の視線が舞台上の琴に注がれる。クライマックス間近、琴は泣き叫びながら圭奈や守そして兵助の足元にすがり付き懇願した。

『守、お願い！　あたしと運命を取り替えて』

『えっ』

『あたしなら踏切に背を向け引き返してくるわ、あんたの代わりに生きて見せる、だからお願い、運命を取り替えて！』

『圭奈、取り替えて！　私なら遊んでばかりいない、兵助、私腕が無くてもいいの！　誰か、私と運命を取り替えて！　お願い！』

『やめろ！　やめてくれ！』

『わしの語ったお前たちの未来はみんな途中までじゃ。踏切へ行っても気が変わって帰ってくるかもしれん、オートバイが転倒しても死ぬとは限らん、ロッカーに捨てられても誰かが見つけてくれるかもしれん、ならば、力の限り生きてみればよいではないか！』

『君たちはいいよ、努力次第でやり直せるんだ。でも僕の腕は努力したってどうにもならないんだろ』

『そんなにいやなことが待っているのに、私たちは何のために生まれていくの？』

『戦うためじゃよ。自分の境遇、自分の能力、世の中の不正や悪、すべての醜いものと戦うためじゃ。子供が捨てられたり、自殺したり、落ちこぼれたりしてはいけない。手や足の不自由な人が堂々と生きていける社会でなければいけない、そういう世の中を作るために人は生まれるのじゃ』

『……』

『お前たちは……まだ何もしていないではないか!!』

尾崎は手に持った大きな杖を地面に叩きつけ叫んだ。

凄味のある声が会場いっぱいに響き渡り、観客はその声に思わず身を震わせた。

アップテンポのＢＧＭが岩下の手で流される。白の使者と黒の使者が交互に琴を「生の世界へ」「死の世界へ」いざなう。

○『勇気をお出しなさい、生きるのです！』

●『楽におなり、消えてしまえばすべて忘れられるんだ』

○『誰かがロッカーの中のあなたの泣き声に気付いてくれるかもしれないわ』

●『ロッカーの中は狭いぞ、暑いぞ、もうお前には泣き声さえ出やしない』

○『あきらめてはいけない、行きましょう、私と一緒に！』

●『あきらめて目をつぶるんだ、おいで私と』

○『さあ！』
●『さあ！』
○●『さあ！　さあ！　さあ！　さあ！』
　BGMのボリュームがマックスまで大きくなったところでピタリと止み、舞台全体が静寂に包まれた。観客席も同様、一瞬音という音がすべて消えて異空間にでも迷い込んだ気がした。

『時間じゃ……琴、さあ、選ぶのじゃ』

　尾崎の低く威厳に満ちた声が琴に決断を迫った。

『私、生きてみる！　泣く事しかできないなら精一杯泣き叫んでみる！』

　尾崎がうなずき命を下した。

『誕生の門を開け！』

　客席はしーんと静まり返り、舞台の上に目は釘付けになっている。琴は下手にはけたあと、思った。

（大丈夫、きっとみんなに伝わる、伝わる……）そう自分に言い聞かせてみた。

　劇はさらに進み間もなくエンディングを迎える、琴はあかねの手を握って語りかけた。

「もうすぐだよ、最後、一緒に頑張ろうね」

「はい」

舞台の上では赤ん坊の泣き声が響き……やがて……消えた。
『琴……あんなに生きたがっていたのに……』
『琴は生きたんだ！　一生懸命生きる努力をしたんだ！』
『力の限り……』
『生きる努力……』
『あきらめちゃいけない、生きるってそういう事なんだよ！』
『人生には時々分かれ道が見えるときがある、そういう時は、良いな、その手で』
『未来を切り開く！』
守と圭奈と兵助は三人揃って長老を見上げた。
『誕生の門を開け！』

「あかねちゃん、行くよ」
尾崎の声と共にエンディングテーマが流れ始めた。スポットライトが舞台下手のピアノに当てられた。琴とあかねは並んでゆっくりと《君をのせて》を奏で始めた。ピアノのメロディーが客席いっぱいに流れ、観客は一斉に二人に視線を注いだ。

「ねえ、あのピアノ、片手で弾いてるんじゃない?」

「ほんとだ、小さい子が左手で、あの主役をやってた子が右手よ」

見慣れない連弾に観客はどよめき、小さなささやきは客席の後ろまで広がっていった。ピアノに合わせて兵助が最後の台詞を客席に向けて投げかけた、自分の両手をしっかりと見つめながら……。

『僕、どんなに苦しくても生きてみせる。僕の手、お前よ、たとえお前が無くても僕は全身で未来を切り開く、約束するよ!』

最後の台詞と共に岩下がピアノのマイクの音量を最大限に上げた。会場いっぱいにピアノのメロディーが響き渡り、どこからかすすり泣く声が聞こえてくる。

「よし、みんな、行くわよ」

圭子の合図で岩下を除いたメンバーが全員舞台の上に並んだ、琴とあかねのピアノの演奏が続く中をメンバーたちは手をつなぎ深々とお辞儀をした。

客席の観客は立ち上がりメンバーをたたえる大きな拍手を送り続けた。

みんなが泣いていた。圭子も、涼も、圭奈、守、兵助、美咲、そして客席に集まった町の人たちも、琴もピアノを弾きながら涙が止まらなかった。

演奏を終えて、琴、あかねが舞台の列に加わる。

「琴ちゃん」

圭子に促されて琴は一歩前に足を踏み出す、涙をいっぱいにためながら。

鳴り止まぬ拍手がやがて静寂に変わった。

琴はマイクを使わず、自分の声で客席に語りかけた。

「みなさん、今日は私たちの公演に来ていただきありがとうございました。あの地震の日以来、私たちも辛い思いをたくさんしました。ここにいるあかねちゃんは大きな怪我をしてしまいました、メンバーの中には今も避難所にいる人がいます、そして、私たちは……大切な仲間も失いました」

智子がランの写真を持ち、しっかりと抱きかかえた。

「でも、みんなで誓いました。辛いのは自分たちだけじゃない、自分たち以上に辛く悲しい思いをしている人がいっぱいいるはずだと。だから、その人たちに元気になってもらいたい、できれば生きる勇気を持ってもらいたい、その気持ちを胸にみんなで頑張ってきました、だから……今日、こんなにたくさんの人が見に来てくれて……本当にうれしかったです、本当に……」

そこまで言うと琴はこらえきれずに泣き崩れた。

「琴、頑張れ」

圭奈と美咲が両側から琴を支える。

「本当に、本当に……ありがとうございました」

琴の挨拶と共にメンバー全員のつながれた手が高く頭の上に上げられた、琴の左手を持ち上げたのは圭奈の右手だった。

手をつないだままでメンバー全員が深々と観客席に向かってお辞儀をした。みな、笑顔と涙で顔はくしゃくしゃだ。

精一杯のカーテンコールに客席はスタンディングオベーションでいつまでも応えた。

38　ふれあい

公演は午後に二回が追加され、計三回の上演となった。最後のカーテンコールが終わったのは午後の四時過ぎのことである。

すべての舞台が終わり、心身ともに疲れはピークに達していたがメンバーたちの気持ちは充実感と達成感でいっぱいだった。

圭子は舞台裏にメンバーを集めた。

メンバー全員が圭子を見つめ言葉を待つ。

「みんな、本当にお疲れ様、厳しいことも言ったけどよく頑張ってくれたわね。今日の上演がどれだけ町の人を元気に出来たかはわからない、でもあたしたちはやれるだけの事はやった、それだけは自信を持って言える」

メンバーは何も言わず圭子の言葉にうなずいた。

「みんなと会えてよかった……どうもありがとう」

圭子は深々と頭を下げた。そのまま顔をあげない圭子に向けて涼が笑顔で声をかけた。

「監督、泣いてるの？　らしくないよ」

「泣いてないわよ」

圭子は顔を上げると涼に向かい少し口をとがらせて言って見せた。

「目が真っ赤ですよ」

琴が笑顔で冷やかした。

「みんな、起立！」

涼の号令に応えて全員がその場に立つ。

「監督、今日までありがとうございました！」

「ありがとうございました！」

メンバーの声がログハウスの天井を破るくらいに高く高く響き渡った。

ミーティングが終わった後、舞台には多くの観客がそれぞれのメンバーを待っていた。朝早くから来た家族や友達が公演の終了を待って再び駆けつけてきてくれた。

「琴、よかったわ」

「なかなか本格的だったじゃないか」

「ありがとう、私上手く出来てた？」

「ええ、お母さん泣いちゃったわ」

「お父さんもだ」

そこに春菜があかねの手を取って近づいてきた。

「村上さん」

「あっ、あかねちゃんのお母さん」

「この度はあかねが本当にお世話になりました、長い事家にまで泊めていただいて本当にありがとうございました」

春菜はあかねと手をつないで深々と頭を下げた。

「いえ、こちらこそ、琴がお世話になりました。あかねちゃんが一緒にピアノを弾こうって琴に言ってくれたんです、ねっ」

「はい、今日、上手にひけたかな？」

「上手だったよ、おじさん、感動しちゃったよ」

敏弘はあかねの目線になってあかねの頭を撫でた。

あかねはにっこりと微笑んでみせた。

「あたしが逆にあかねちゃんに救われたんです。だって、ピアノを弾く事なんて無理だって勝手にあきらめてたんですから。でも、一人で弾けないなら二人で弾けばいいって、それをあかねちゃんが教えてくれたんです」

「そう言って下さると私も嬉しいです」

春菜はハンカチで涙を拭うとあかねをそっと抱きしめた。

「お父様の具合はいかがですか？」

「はい、だいぶ落ち着きを取り戻しました。まだ余震が続いてますからこの先は心配ですが、ひとまずつきっきりでいなくても大丈夫そうです」

「それはよかった。あかねちゃん、またおじさんちへおいで、琴姉ちゃんもおじさんたちも大歓迎だよ」

「はい、ありがとうございます」


「父さん、帰ったんじゃなかったの？」

「圭奈に一言どうしても声をかけたくなってな」

「どうだった、あたし？」

「おお、良かったよ、まるでテレビの女優みたいだった」

「照れるな、体の調子はどう？」

「ああ、大丈夫だ、明日から仕事に戻るから心配するな」

「普通心配するだろ、あんまり無理しないでよ」

「お前、進学してもいいんだぞ」

圭奈は少し考えたあと笑顔で言った。

「いいの、自分で決めたことだから。今日で無事に公演も終わったし、学校始まったら先生の所へ就職の相談に行くから」

「そうか……わかった、お前に任せる。しっかり考えて決めろ、あっ、ところでな」

「うん、なに？」

圭奈の父はわずかにためらったのち、小さくかぶりを振る。

「いや……何でもない」


尾崎は舞台袖の椅子に腰を下ろし穏やかな顔で天井を見つめている、まるで人生の余韻にでも浸っているように。

近づいてくる気配に尾崎は天井を見つめたままつぶやいた。

「坂本か……」

「大丈夫か、疲れただろ？」

「おお、燃え尽きたわ。でもな、最後までやれてよかったわい。みんなに迷惑をかけずに済んでのう、これもお前が居てくれたおかげじゃよ、礼を言うよ」

「こっちこそ礼を言うよ。素人劇団て言うから正直言ってもう少し学芸会のようなもんだと思ってなめてたんだ。そしたら本格的じゃないか、うかつにも泣いちまったよ、それも三回ともだ」

坂本は笑みを浮かべ、少し照れながら言った。

「ほら、あの左手が動かない子、あの子が仲間にすがる場面があったろう、あそこが俺のツボだ。いい演技だったよ、照明も音楽もよくできてた」

「そうなんじゃよ、最後に小さい子とピアノを弾いただろ、あれも本番の朝まで知らなんだ、若いというのは素晴らしいもんだ」

「ああ、いい場面だった。オレの周りもみんなしくしく泣いてたぞ」

坂本はそう言うと尾崎の肩に手を掛けた。

「このまま今日は俺と帰るぞ、いいな、疲れは相当なはずだ」

「おお、頼む、わしのわがままにつきあってくれて心から感謝する」

「わかった、ならば俺の言うことを聞いてもっともっと生きろ」

舞台裏の楽屋に当たる部屋には兵助がいた。

「細川さんはおりますかい？」

「あっ、みよしさん！」

「こんにちは」

「見に来て下さってありがとうございました」

「お礼を言うのは私の方ですわ」

「そんな」

「いつもいたわってもらってありがとうございます、あんたに腰をもんでもらうとうんと楽になりますで」

「僕にできる事はそれくらいです」

　みよしは兵助の手を取った、そして涙ながらに告げる。

「今日は本当にご招待ありがとう。劇を見させてもろて涙が出ました。一人ぼっちになってどうして生きていくかとやけな気持ちになってたもんで、あんたらの劇を見て勇気をもらいましたで、死んじまいたいと思うてたけど、もう一度頑張らなくちゃね」

「そう言ってくれて本当にうれしいです。僕もまだ当分避難所から学校に行きます、腰が痛かったらいつでも言って下さい、一緒に頑張りましょうね」

　兵助はみよしの手を力いっぱい握り返した。


　その夜、涼はあかねと尾崎を除いたメンバーを「銀河」へ招待した。簡単な夕食をふるまい、その後テーブルの上の星の模様のカップに熱い紅茶が注いだ。

「ごちそうさま、ずっと一緒にいたのに来たのは初めてね」

「そうですね、監督と会ってからあっという間の半年でしたからね。みんな、僕からもみなさんにお礼を言います、今日は『銀河』へようこそ、そして今日までどうもありがとう」

「素敵なペンションですね」

「ありがとう、よく倒れないでいてくれたよ」

「この写真が奥さんとお子さんですね」

琴は写真を手に取り見つめた。

「ああ、ランさんと一緒に劇を見てくれたよ」

「僕らが前に来たときみなさんでパーティーを開いてくれたんです、本当に楽しかった。僕も香澄もあの時の出水さんの気持ちがうれしくて、それでポスターを見て『ＡＧＡＩＮＳＴ』に参加したんです」

「二人でポスターを見た瞬間にすぐにやろうって言いました。出水さんだけでなく、奥さんや雪ちゃん、空ちゃんにももう一度お礼を言わせてください、どうもありがとう」

和也と香澄は涼とそれから三人の写真に向けて頭を下げた。

「ありがとう、そう言ってもらえると愛や雪や空も喜ぶよ。そうだ、あの日と同じように星を見に行かないか、今日もきっといい星空が見える」

涼にいざなわれ、メンバーは建物の外へと足を運んだ、和也と香澄に出会ったあの夜と同じように。

「うわー、すげーきれい！」

「ほんと、プラネタリウムよりずっと素敵！」

「銀河」から見上げる星空はメンバーたちの心いっぱいに沁み込んでいく。わずか半年の様々な出来事、されど半年の様々な出来事、それぞれが今までの出来事を思い起こしていた。仲間との出会い、稽古の中でのいさかい、震災、ランの死、尾崎の姿、ビラ配りに会場の確保、そして今日の公演、自分たちのしてきたことが果たしてどれだけの意味があったのかはわからない。町の人々に勇気を与えるという目的も達成できたと断言できるものではない。もしかするとそれは自分たちの自己満足に過ぎなかったのかもしれない。しかし、それでも公演をやり遂げることができたことがメンバーの心の中に大きなものを残したことに間違いはなかった。

「出水さん、今日はありがとう。明日からはみんな自分たちの生活に一度戻ることになるわ、高校生はそれぞれの進路に向けて、社会人は自分の仕事に、それから全員がこの町の一員として町の復興に向けてやれることを頑張っていきましょう」

「演劇コンクールはどうするんですか」

琴が圭子に尋ねた。

「そうね、十二月のコンクール、またこの仲間で出られればいいけど、尾崎さんの事もあるし。まだ避難所で暮らしている人も多いわ、ひとまずは自分の生活をしっかり送って出られるようなら連絡するわ、ここまで完成していればひと月前から稽古を始めてもそんなにひどいものにはならないはずだから」

「尾崎さん……また一緒にできるといいですね」

「ええ、みんなで祈りましょ」

星空の下、ここに劇団「ＡＧＡＩＮＳＴ」の最初の一歩が記された。

小さな一歩だ、そして、この先の道は誰にもわからない。

39 道

翌週の土曜日、涼は再び圭子と琴を「銀河」へ招いた。発起人の三人だけで涼はどうしてももう一度話したいと思ったからである。

「あっという間の半年だったわね、琴ちゃんはどうするの、進学するんでしょ？」

「はい、勉強のほうはだいぶ手抜きになってたから大変です」

「どんな希望なんだい？」

「ええ、ピアノはあきらめました」

少しうつむいた琴の顔を見て、二人はかける言葉をためらう。

「でも、私気づいたんです」

「何を？」

「人間が生きていく道は一つじゃないって。途中でいくつも分かれ道があって、その時その時で一番行きたい道を選べばいいんだって」

「そうね、人生に舗装されたまっすぐな道なんてそうはないわ、あたしの道なんてぐちゃぐちゃよ」

そう言って圭子は笑った。

「東京の音大を受験するつもりだったんですけど、地元の大学を目指すことにしました、今回の経験でこの町が立ち直っていくための力に少しでもなれたらなって思って、具体的に何ができるかはまだイメージできないんですけど」

「えらいよ琴ちゃん、僕は応援する」

「ありがとうございます」

「みんなは元気？」

「はい、圭奈と永谷君と細川君は避難所からの通学だけど元気です。あっ細川君が監督に伝えてほしいって、いつか話してたみよしさんから公演の後にお礼を言われたそうです、生きていく希望が湧いたって」

「本当に？　それはうれしいわね、あたしたちの一番の目標だったじゃない」

「はい、美咲も十二月の演劇コンクールは絶対出たいって」

「それまで受験勉強頑張ってもらわなくちゃね」

「圭子さんはどうしてるんですか？」

「実は、勤めてた学校の校長先生の紹介で教師の口があることはあるの」

「よかったじゃないですか」

「ほんと、また学校に戻れるなんて、これ以上の話はないですよ」

「うん、でも迷ってるの」

「えっ、なぜですか？」

「いろいろ考えてね、まだ、山下君のご家庭から許してもらったわけじゃないし、今のままでそんな安易な道を選んでいいのかなって」

「いいじゃないですか、償いは償い、監督の人生は人生、何も恥じることはない、僕はそう思います」

翌日、山下家を訪れた帰り校長の徳田は圭子を近くのファミリーレストランに誘った。

「校長先生、本当にありがとうございます。毎週毎週私に付き合っていただいて申し訳ありません」

「前にも言ったでしょう、これは私の責任でもあるんです」

「山下さん、許してくれそうにないですね」

「……子供が命を落としたんです、そう簡単にはい、そうですかとはいかない」

「もちろんです」

「それよりもこの間の話はどうですか」

「はい、ずっと考えていましたが、今回は……遠慮したいと思っています」

徳田は一瞬顔を曇らせ、すぐに尋ねた。

「どうして？　悪い話じゃないでしょう」

「はい、一つは私自身の責任の取り方です。山下さんへの謝罪、それに対してお許しが出ていない今の状態で私だけ、『はい、教師として復職します』とは気持ちの上でどうしてもできないんです」

「なるほど」

「山下君の死は間違いなく私の過失です、私の責任です。職を解かれた私と息子さんを失った山下さんのご両親では心の傷の大きさが違います。私はお詫びにうかがうたびにそのことを実感しています。どんなに頭を下げてもご両親の心の傷は癒されない、ならば、私もそれ相当の罰を受けなければ謝っても謝りきれない、そんな思いです」

　圭子は言葉を選ぶようにゆっくりと徳田に伝えた。

「一つはとおっしゃりましたね、ほかには？」

　徳田は圭子の言葉を思い返して再び尋ねた。

「今回の震災と劇の上演を通して私もいろいろなことを学びました。山下さんに許していただけるまで謝ることはもちろんですが、もう一つ、この町の復興のために何かをしたいそんな思いを持っています」

「具体的には？」

「立ち上げた劇団をこのまま終わらせるのではなく、もう一度団員の募集から始めて町に根付いたプロの劇団にしてみたい、そんな希望、いや夢を持っています」

「先生一人でやるのですか？」

「はい、今の時点では」

「資金だっているでしょう」

「幸い、今は独り身ですし食べていくくらいはバイトしながらでも何とかなります。校長先生のお計らいで退職金もいただきましたし」

「イバラの道かもしれませんよ」

「覚悟はしています。でもこの劇団は私を絶望から救ってくれました、希望を持つこと、それだけは忘れずにやっていこうと」

徳田はしばらく下を向いて考えた後、おもむろに顔を上げると圭子に向けてゆっくりと言葉を返した。

「わかりました。宗田先生の人生です、私は陰ながら応援しましょう。実は山下さんのご家庭から次回からは宗田先生だけでいいと言われました。私の同席は今回限りとさせてもらいます。あっ、これは話を断られたからといった意地悪な気持ちではないですよ、先生は心の強いお方だ、今後も何かあれば連絡してください」

「ありがとうございます」

「ところで、失礼ですが、たしか先生は一度結婚されて……」

「ええ」

「確か、お子さんもいらしたんですよね」

「はい、女の子です、十八歳になります」

「もうすぐ大人だ、会うことはないんですか？　きっと元気の素になるんじゃ、何事も一人では淋しく、つらい」

「実は……いろいろあって夫とは子供が生まれて物心つく前に別れたものですから……本人は死別したと思っているはずです」

「そうでしたか、……そんなに昔に……」

「私に性格がそっくりで」

「えっ？」

　徳田が驚いた顔で声を上げると、圭子はおだやかに微笑んだ。


　震災から二か月余り、清森の町は復興へ向けてゆっくりと少しずつ歩みを進めていた。全国から集まった義援金や支援物資については県と町とで夜を徹してその有効利用が話し合われた。日本が経験してきた過去の数々の震災、それらの事例を活かし、いかに早く、そして、いかに中身を濃く、必死に生きる町の人々を支援すべきかが議論された。せっかくの支援物資が倉庫に山積みにされて市民に行き渡らなかったという苦い経験を教訓として、「現場重視」「被災者重視」の観点から徹底して検討がなされた。

　その結果、町の人々にとって最も必要な三つの事柄を重点項目として支援を行うこととなった。

　一つ目は言うまでもなく日々の暮らしである。復興本部は家屋の破損は全壊、半壊のみならず、一部の破損も含めて写真を提示するという申請のみで被災者と認定し被災者手帳を家族全員に交付した。

　県内の二十箇所に支援センターを常設し一日三食を限度に無期限に食事の配布を始めた。また、全国から集められた衣料品と生活用品に関しても手帳に記録を残すことを条件にすべて無料で配布することとした。ボランティアを三百六十五日、二十四時間体制で受け付け、この支援センターの業務を手伝ってもらった。ボランティアが働きやすい環境を作ることで支援センターは二十四時間の稼働が可能となり、さながら山間の町の「無料コンビニ」としての役割を担うことになる。

ここに行けば少なくとも食事に困ることはなく、自営業者ならば商売の再開に没頭でき、サラリーマンならば収入のかなりの額を家屋の建て直しに充てられるように配慮したのである。

二つ目の重点項目は被災家屋の改築や修繕の支援である。

季節がまだ暖かいことも考慮し、仮設住宅の建設をあえて見送り、避難所の設備をより整えながら一人でも多くの被災者が仮設住宅を経由せずに新しい「自宅」へと帰れるような方向性が示された。

その手段として、過去の震災時に於いて仮設住宅の建築に充てられた費用はすべて被災家屋の改築援助に充てる事とした。その援助の割合は一律修繕費の八割とし、義援金と税金で賄うこととする。

住民が食費と生活費に心を痛めることなく、残り二割の自己負担だけで自力復興ができるようにという配慮だった。

議論の中では制度を悪用する者がいるかもしれないという意見が出たが、完璧な案を待つよりも迅速な施行をという意見がそれに勝った。逆に県と町とで全額負担をという案は、町の人々の自立心を奪うとの考えからこちらも見送られた。

三つ目は心のケアが重点とされた。カウンセラーの配置なども検討されたが、それよりもより日々の暮らしに密着した支援をという観点から議論がなされた。

最終的に実行に移されたのはコミュニティーの場の提供であった。これは、過去の経験から、仮設住宅などの住まいが確保されたとしても、一人暮らしの年配者が孤独死したり、自殺したりする悲劇を防ぐべく考えられたものである。

被災地域に最低一か所の公営浴場が設置され、手帳を持つ被災者は無料で、逆に被災を免れた人には少し高額の入浴料を払ってもらうことで、支援の気持ちをもらいながら被災者と話ができるコミュニティーの場として活かしてもらうこととした。

この実施は非常に好評だった。お年寄りたちはかつて病院の待合室などに求めていた安らぎと語らいの場を手にし、湯につかりながら心と体を癒した。

支援の気持ちはあるがどうしていいかわからないという人々にとっても、この制度は大変有効であった。自分たちが募金した義援金がどのように使われるのかという不安がなかったからである。ここでの入浴料はそのまま浴場の運営に使われたのである。被災者と話したいという人々が全国からわざわざ車や電車を使ってやってくるようになりマスコミの報道も手伝って全国にその支援の輪が広がっていった。

子供たちのコミュニティーとしては児童館が建てられた。簡素ではあるが、耐震性を備えたこの施設にもボランティアによるマンパワーが大いに活かされていた。

将来の保育士や教師を目指す若者が手弁当で子供たちの世話に訪れ、親を失った子供や、けがをして入院し子供の面倒が見られないという親の代わりとして子供たちと過ごすのである。ボランティアの若者にとっても非常にやりがいのある仕事だった。

このような支援を支えに町の大人たちは、懸命に働き、壊れた家を建て直すことに全力を注いだ。それは一朝一夕にできる事ではない、しかし、日本中の人々の善意に支えられているという思いがみんなを頑張らせた。

清森の町の人々は一度は絶望しかけた。ほぼすべての家が全壊もしくは半壊し、皆一様に不安な夜を過ごした。しかし、少しずつではあるが人々の顔に明るさが戻ってきたのがわかる。それは、絶望の中に人々が「希望」を見い出したまぎれもない証拠であった。

「ＡＧＡＩＮＳＴ」もその中の小さなきっかけになったのかもしれない、そして、その歩みはこの先もずっと続いていくべきものなのである。

40　明日へ

公演から三か月後、琴は地元の大学の入試の日を迎えた、ＡＯによる推薦入試である。

そして、この日は県の演劇コンクールの日でもあった。

「琴、本当に大丈夫なの？　お母さんの方がやきもきするわ」

「大丈夫って、どっちの事？」

「両方よ」

「うーん、試験はやるしかないし、コンクールに間に合うかどうかは運次第、でもついてないな、まさか同じ日になるなんて」

「間に合いそうなの？」

「試験の終了がお昼頃で、『ＡＧＡＩＮＳＴ』の出演は三時の予定だから計算上は大丈夫、もし間に合わなかったら美咲が代役してくれることになってるから」

「じゃあ、みんなに迷惑をかけることはないのね？」

「うん」

　琴はあっさりとうなずいた。

　以前の琴ならばどうにもならない事態に向き合った時ただただ苛立っていたかもしれない。焦るばかりで自分を追い詰めていたかもしれない。でも、不思議なことに今は自然にこう思えるのだ。

(自分にできるだけのことをやってみて、それでだめなら仕方がない）と。

　優子の心配はそれでも続く。

「大学からは車で送ってもらえるのよね？　お母さん、どうしても用があって今日は行けないから」

「わかってるよ、大丈夫、夕飯までには帰るから心配しないで」

一時間後、琴は第一の門の前にいた。

「信州学園大学・社会学部・地域振興学科」

数か月かけて自分で見つけた自分の道だ。

試験会場の待合室で琴は心を鎮めて待った。

（やるだけやる！　合格すればよし、落ちてもそれはそれでまたよし、舗装されたまっすぐな道なんてないいんだから。回り道もまた人生なり、どっちに転んでもシメタ！　この精神こそ私の成長だからね。頑張れ、村上琴！）

「次の方どうぞ」

「はい」

琴は大きく深呼吸をして面接会場の扉を開けた。

「受験番号と名前を言って下さい」

「はい、受験番号二十四番　村上琴です」

「それではさっそくですが、今日の試験内容はご存知ですね」

「はい」

「十分間の自己アピールです、気持ちの準備はいいですか」

「大丈夫です」

「メモを見たり作文を読んだりすることは禁止とします、あくまでも自分の言葉で語ってくださいた。

面接官の三人は琴の動きに何をしようとしているのか戸惑い一瞬顔を見合わせた。琴の唇が動い」

「はい」

琴はその場に立ち上がり三人の面接官にそれぞれ礼をすると背筋を伸ばした。

右手で動かない左手をゆっくりと持ち上げ顔の横で止めてみせた。

「私の左手は動きません。一年近く前のある日を境に動かなくなったんです。私はうろたえました、何の前触れもなく、何の予告もなく、突然動かなくなったからです。

私の夢はピアニストになることでした。小さな頃からその夢に向けて毎日ピアノを弾き続けてきました。病院へ行き、検査を受けても原因がわかりませんでした。ただ一つわかった事はピアノが弾けなくなるという事実です、コンクールが目前に迫っていた時期でした。

私は絶望しました。もう手が動かないんだ、ピアノが弾けないんだ、そう思うと涙が止まりませんでした。死にたいとさえ思いました、その勇気があれば……。でも、死ぬ勇気すら持てずにただ泣きながら二週間を過ごしました。

自分の気持ちがコントロールできず、母には暴言を吐き、作ってもらった食事にもほとんど手を付けず、家族を、友達を、周りの人たちをたくさん心配させ傷つけました。

そんな私に思わぬ転機が訪れました。それは一つの出会いです。半ば自暴自棄になって出かけた旅先で私は二人の大人に偶然出会いました。そして、その出会いは私にとって本当に大きな出会いとなったんです。

二人は私と同じように、いえ、私以上に心に大きな傷を抱えていました。私は誰にも話せなかった自分の気持ちをこの時初めて二人に話すことができたんです。

そして、気付かされました、辛い思いをしているのは自分だけじゃないんだと。さらに私は教えられました、絶望から立ち直る方法を。それは希望を見つける事……そんな簡単な事が苦しんでいる間は全くわからなかったんです」


琴は圭子と涼との出会いから、劇団の立ち上げ、震災、そして上演に至るまでの思いを真剣に話した。まるでこの間の出来事を自分の心の中で一からなぞるように。一年にも満たない時間の中で経験した出来事はそれまでの十八年間をすべて合わせても足りないくらいの重みがあった。琴自身にとって心から大切にしたい時間だった、だからこそ、その思いが伝わるように気持ちを込めて語りかけた。


「私は、今日までの時間の中でたくさんの事を学びました。そして、その中で自分の進むべき道を見つけることができました。

今でもピアニストへの憧れはあります、左手が動けば挑戦したい。でも、動かない以上それはないものねだりをしているだけです。私にとって大切なことは自分ができる中で最大限の努力をすることと、それしかないと教わりました」

琴は小さく一つ深呼吸すると、あらためて面接官の目を見つめた。そして胸を張り背筋を伸ばしこう続けた。

「私は今回の震災を経験して生まれ育った清森の町の事をより強く思うようになりました。この町でできることをやりたい、それが地元の大学を志望した動機です。

私は、社会学を勉強し、故郷の町が復興していくための町づくりに携わりたいと思っています。そしてこの自然豊かな素敵な町を、たとえば多くの観光客が集まり、幸せな気持ちで帰って行ける町へ、地元の子供たちが都会へ行くことなく、この町とともに暮らしていきたいと思えるような町にしていく、そんな仕事に携わりたいと思っています。清森の町をいつの日か日本一、世界一の素敵な町にすること、それが今の私の夢です！」

琴の心の中はこの半年の間で大きく変化した、自分でも驚くほどに。それはたった一つ「あの日」の出会いからだ。もし、あの時、旅に出ていなければ、もしあの時、圭子と同じ部屋に泊まらなければ……人生はそんな「奇跡」の出会いの連続だ。

（よし！　やりきった）

琴は様々な思いを胸に深々と頭を下げる。

「お疲れ様でした、面接はこれで終了です」

「ありがとうございました」

「合否は一週間後、郵送でお知らせします」

「はい」

「それから……合否にかかわらず、夢を大切に頑張ってくださいね」


面接官は微笑むと、琴に退席を促した。


大学の正門には一台の車が琴を待っていた、面接時間は思いのほか延びて、右手の腕時計を見るとすでに一時を過ぎている。琴は駆け足で車に駆け寄り後部座席に身を預けると息を切らしながら礼を告げた。

「よろしくお願いします」

「ずいぶん時間がかかったね」

「間に合いますか？」

「渋滞しなければぎりぎり間に合うかな。一時間はかかるから到着してすっぴんのままそのまま登場かもしれんぞ」

「急いでください」

「携帯に電話があったよ。監督さん、間に合うかってずいぶんあせってたぞ、今は直前のリハーサルが終わってメークに入ったとこだそうだ」

車が会場に到着したのは二時半を過ぎた頃だ。

「おかげで間に合いました」

「じゃ、頑張るんだぞ、俺はこいつと舞台から見てるからな」

「ありがとうございました、坂本先生」


舞台袖に駆け込んだ琴を仲間たちが歓声で迎えた。

「琴、よかったー、間に合った！　試験どうだった？」

「うん、それはあとでね、美咲、衣装着替えるの手伝って」

「ＯＫ、町田さんそのままメークもしてあげて」

「監督」

「間に合ったのね、ひやひやしたわ。美咲ちゃんも覚悟してたんだから」

「すみません」

「お礼はいいから準備を急いでね」

登場十分前、圭子はあの日と同じようにメンバーを集めてミーティングを行った。

「みんな、あの日以来久しぶりの舞台だからね。言いたいことは同じ、八月三十一日、たくさんの町の人たちが見に来てくれたこと、あの時の感謝の気持ちを忘れずに頑張りましょう、それから今日の舞台に立てなかった仲間の分までもね」

「はい」

「じゃ、円陣行くよ！」

圭子を中心にメンバー全員が肩を寄せ合い、一つになる。

「劇団ＡＧＡＩＮＳＴ　ファイト!!」

「オー！」

《続いての上演はエントリーナンバー7番　劇団「ＡＧＡＩＮＳＴ」演目は「Ｇｏｏｄ ＢｙｅＭｙ」です。それでは劇団「ＡＧＡＩＮＳＴ」のみなさんよろしくお願いします》

アナウンスと共に舞台が鼓動を始めた。暗い舞台が次第に明転しオープニングの場面が映し出された。舞台の上、一段高い岩の上に尾崎の姿はなかった。尾崎は客席の一番前でランの写真と隣り合わせに坂本の膝の上で写真の中から舞台を見守っていた。

琴はあの時と同じように心を込めて演じた、尾崎の代わりを演じたのは圭子である。

会場は「吉田ファーム」のログハウスとは比べ物にならないくらい立派な劇場である、収容人数は千二百人、客席はほぼ満席だ。音響も、照明も、設備に関しては申し分ない。

しかし、メンバーたちの気持ちは変わらなかった、賞を取るために演じるのでもなければ、自分たちの自己満足のために演じるのではない、見に来てくれた人たちに勇気と元気、そして生きる希望を与える、それが劇団「ＡＧＡＩＮＳＴ」なのだ。その思いにブレがないかぎり劇団の存在意義は決してなくなりはしない。メンバー全員はランと尾崎の写真に見守られながら演技をやり終えた。

全十組の上演が終わり、表彰式が進んでいた。第三位、準優勝と発表が続き舞台では今まさに最優秀賞の発表が行われようとしていた。表彰を盛り上げるドラムロールの鳴り響く中、司会者が封筒を開けて、審査結果を発表する。

《それでは、最優秀賞の発表です、県下演劇コンクール、今年度の最優秀賞は……！》

41　バトン

クリスマスを間近に控え、本格的な冬の到来を告げるかのような粉雪がチラついた翌日、圭子は朝の冷たい空気の中で昇りゆく朝日を見つめていた。

新しく借りた小さなアパートは県道から一つ道を入った広い農地の片隅にポツンと佇んでいた。目の前には高原野菜の畑が一面に広がっている。元々は夏の間だけ、野菜作りと収穫の手伝いにやって来る農家の親戚の人やアルバイトの人のために建てられたものだった。圭子は雄大なロケーションに一目ぼれして、半ば強引に交渉。最後は笑顔でここの新しい「住人」となった。その条件の一つは農繁期の手伝いだ。

圭子は自分の新たな出発にぴったりの場所だと一人心の中でうなずき、深呼吸してもう一度空を見上げた。後ろを向いてばかりでは意味がない。過去を消すことはできないが未来を切り開くことはできる。

「監督！　おはようございます！」

朝日に照らされ徐々に明るくなっていく八ヶ岳の雄姿を背に白い息を吐きながら駆けてきたのは琴だ。

「新しい家、すごいですね、大草原の小さな家って感じ」

「おはよう、きっと夏の景色はパノラマよ」

「ほんと、楽しみです」

「ところでどうしたの？」

「報告があって」

琴は笑みをたたえながら圭子に駆け寄る。

「その顔は……いい知らせだね」

「はい！　大学、合格しました！」

「そう、おめでとう！」

琴は思い切り圭子の胸の中へと飛び込んだ。圭子も全身で琴を受け止める。

「よくがんばったね」

圭子は両手で琴の頭を抱え額と額をくっつけて祝福した。

「はい、監督のおかげです」

琴はとびきりの笑顔で応える、自然と涙がこぼれた。

「これで地元に残るわけだ」

「そうなります、これからもよろしくお願いします。監督は？」

圭子はわずかに空を仰いだのち、自分の気持ちを鼓舞するかのようにうなずくと琴の顔を見つめた。

「あたしもここでゼロからのスタート、一応仕事を決めたよ、バイトだけどね。何しろ劇団の事務所を立ち上げるのに退職金ほとんど使っちゃったから」

「どこですか？」

「聞いて驚くなよ……『吉田ファーム』！」

「本当ですか！」

「嘘ついてどうするの、厨房から配達まで何でも屋よ、おじさんに感謝ね」

「プロの劇団……なんですよね」

「そう」

「どんな感じで始めるんですか？」

「『ＡＧＡＩＮＳＴ』の立ち上げと一緒よ、ゼロからのスタート、メンバー集めから始めて……プロとして興業が成り立つまで……何年かかるかわかんないけどね」

「地元だけじゃ難しそう……」

「そうね、いいセンスだわ、確かに地元だけの公演じゃあ採算は取れない」

「じゃあ、どうするんですか」

「ここをホームタウンにして全国どこにでも行くよ。日本中の小学校や中学校を回りたいのよ、演じる劇も難しいものじゃなくて、子供たちが喜んでくれる劇、それから勇気を持ってもらえるような劇、それを届けるのが夢ね」

「『Ｇｏｏｄ Ｂｙｅ Ｍｙ』はぴったりですね」

琴の笑顔に圭子がうなずく。

「そうなんだ、あの劇、内容はけっこう重いんだけど、見ている人を惹きつける不思議な力があるんだよね。今までも違う生徒たちと何度も作ってきたんだけど、そのたびに別の感動があるの、もちろん琴ちゃんたちの公演もね」

「いい脚本ですよね」

「うん、力強いっていうのかな」

「あたしもぜひ参加したいです」

「大歓迎よ、でも、まずは大学の勉強をしっかりね」

「はい！」

時の流れはなぜその速さを変えるのだろう。年を越え、卒業式を終えた三月も終わりの夜。ベッドに横たわりながら琴は天井を眺めながら思った。卒業式をこんなに充実した気持ちで迎えられるなんて……。

美咲は美容師を目指し専門学校へ、圭奈は地元の洋菓子メーカーに就職を決めた。

三人で手を合わせ互いに健闘を誓い合い、青空を指さしたのはわずか八時間前のことだ。琴は二人の顔を見つめながら思い切り右手を掲げた。

守と兵助は共に東京の大学へ進んだ。それぞれの新たなスタートは一時の別れでもある。しかし、再会の時はすぐにやってくる。先日、五人の元に一通の招待状が届けられた。

六月に行われる和也と香澄の結婚式がその時だ。

思い返せば一年前の自分は絶望の中でただただもがき苦しんでいた。あの時は時間が過ぎるのがひたすら長く、永遠に続くかのような悪夢にさいなまれていた。だが、圭子と涼に出会ったあの夜から、時間はめまぐるしく走り始めた。琴の頭の中にあっという間に過ぎていった一年間の出来事が映画のエンディングのようによみがえっていった。

「琴が旅行に行くんだって？」

「ええ」

「友達と卒業旅行か？」

「ううん、一人よ」

「一人？」

「そうよ、どこに行くかわかる？」

敏弘が少し考えて黙っていると優子は微笑みながら答えた。

「ちょっと考えればわかるわよ」

「なるほど……」


残雪の山々の上には澄み切った青空が広がっている。

早春のまだ凍てついた空気の中、琴は一つ息をつくと右手で木製の扉を押した。

「こんにちは！」

吹き抜けの広い玄関ホールの天井を突き抜けるように伸びやかな声が響いた。

「はーい」

時を待たずにホールの奥から駆け足の音と一緒に返事がこだまする。

琴の前に見覚えのある穏やかな笑顔が立ち止まった。

「こんにちは」

「お帰りなさい」

「あ、そうだった、ただいま！」

「ええと……村上さん、確か去年の今ごろ来てくれましたよね」

「覚えてるんですか？」

「ええ、全員は無理だけど、あの日は三人しかいなかったから印象に残ってるかな」

「はい、ちょうど一年前にお世話になりました」

「あらためまして、ペアレントの仲川です、ようこそ『信濃山荘』へ」

「村上琴です、お世話になります」

仲川と世間話を交わした後、部屋へと足を運ぶ。あの日と同じように部屋に四つある二段ベッドはすべて「空き部屋」だった。見覚えのある部屋のベッドに腰を下ろすとあの日と同じように窓辺にもたれながら暮れゆく山の稜線を眺めた。

琴はあらためて一年前の「あの日」を思い出す。よくよく考えればあの時と体の状態は変わっていないのだ。左手は今も自分の意志を受け止めることはない。けれども「あの日」とは決定的に違うことがある。それは「絶望」という魔物から自分の心を解き放つことができたことだ。

琴は知った。

世の中には自分の力だけではどうにもならない真の「絶望」というものが確かに存在するのだろう。戦争や天災、抗いがたい時代や環境に運命を翻弄されて、生きる勇気を奪われた人々はきっとたくさんいたはずだ。だからこそ、だからこそ、自分から希望を捨ててはいけないんだ。自分で勝手に絶望してはいけないんだ。

圭子の言葉に、涼の涙に、教えられ、そして救われた。そのおかげで自分を心配してくれる圭奈や美咲の気持ちにも気づくことができた。琴はそうしたすべてのことに心から感謝しながら赤から紫へと暮れなずんでいく山の稜線を暗くなるまで見つめていた。

夕食前に大浴場の温泉で一人静かに心と体を温めたあと、部屋に入ろうとした時、ふと部屋の中に人の気配を感じた。ドアがわずかに開いている。

音をたてぬように静かにドアを押すと、琴は思わず息をのんだ。窓辺のあたり、背中越しに幼い横顔が見えた。一人の少女が窓の外をみつめている。高校生くらいだろうか、いや、もしかしたら中学生？　外はもう暗闇で景色など何も見えないのに……。

「こんばんは」

琴の声にハッとして振り向いた少女。

いきなり声をかけられた驚きとかすかなとまどい。

しばらくのためらいのあと、少女はおずおずと聞こえないくらいの小さな声でつぶやく。

「こんばんは……」

やっとの思いで声を口にすると何かを隠すようにすぐに少女はうつむいた。

彼女の目元が濡れているのに気づいた時、琴はゆっくりと少女に近づき、右手で優しく彼女の手をとった。

「え……」

　とまどいながら顔を上げた少女の目を見ながら琴は笑顔で語りかけた。

「私の名前は村上琴、会っていきなり驚かせてごめん、こわがらないでね。あなた、もしかして何か悲しいことがあるんじゃない？」

　しばらくの沈黙のあと少女は無言でコクリとうなずいた。

　琴もそれを見て少女に合わせるように小さくうなずいた。

「もし、私でよければ話を聞かせてくれない？　力になれるかわからないけど話すだけでも少し気持ちが楽になるかも」

「……」

「じつはね……私も前は死にたいくらい悲しかったの……絶望してたの……」

「え？」

　少女は驚いたように顔を上げる。

　琴は少女の手を強く握りしめると、ゆっくり、そして優しく語りかけた。

「一緒に……希望を探してみない？」

了

あとがき

長いこと人生を歩んでいると、様々な出来事に出会います。僕のようなごく平凡な人間でも僕なりの小さなドラマがいくつかありました。

二十二歳の秋、僕は大学の四年生でした。今はどうか知りませんが、当時の教員採用試験は合格イコール採用、つまり就職内定とはいかず、翌年の三月まで市区町村から面接に呼ばれるのをひたすら待ち続けているしかないという「生殺し」システムでした。時には合格したものの面接に呼ばれぬまま一年浪人することも珍しくなかったのです。

成績優秀なA判定の合格者から内定が決まっていくのですが、あまり優秀でなかった僕はB判定ということで来るか来ないかわからない面接の連絡をじっと待ち続けていました。採用されなければまた受験のやり直しです。

合格は嬉しかったものの、もやもやするすっきりしない毎日。

(悩んでいても仕方ないよな……)

(自分の力でどうにかできるわけじゃないしな……)

というわけで、僕は不安を紛らわせる気持ちも含めて一人、旅に出ることにしました。行先は瀬戸内。特にあてもなく、一週間ほどユースホステルを拠点にしながら秋の深まりゆく美しい瀬戸内海の景色を見て周る、そんな気ままな旅です。

そろそろお金も尽きてきて明日には帰ろうかと思案していた旅も終わりに近いある日。この日泊まったのが広島県尾道にある「尾道友愛山荘」というユースでした。シーズンオフのこの日はゲストもほとんどいません。ガラガラの食堂で僕は一人夕飯を食べました。

そして、その夜に僕はあの「秋の幽霊」に出会ったのです。文中で涼が夜中に登場する「春の幽霊」の章は、この時の実体験を描いたものです。季節こそ違いますが、彼の話の内容はほぼそのままです。この時出会った男性は長野県でペンションを経営されていた方、今では名前も失念し、顔もうろ覚えなのですが、奥さんとお子さんを亡くしたという彼の悲しみと寂しさは学生だった僕でも察するに余りあるものでした。ポスターの前で興奮しながら奥さんを指さす姿は今でも鮮明に覚えています。

衝撃的な出会いの後、どれくらいの時間だったでしょうか、薄暗いミーティングルームで彼と二人きり話をしました。話をするというよりも僕はほとんど聞いているだけだった気がします。彼はとつとつと家族のことや事故の事、そして寂しさに耐え切れずペンションをあとにしたことなどを涙とともに語って聞かせてくれました。人生経験の浅い僕にとっては話のすべてが心に突き刺さるようで身を乗り出すように聞き入っていた記憶があります。静かな、けれども濃密な時間が淡々と流れてゆきました。

「話を聞いてくれてありがとう……」

「いえ、こちらこそありがとうございました」

僕らはそれぞれ自分の部屋へ……そして、翌朝遅く起きて食堂に行った時には、彼はすでにチェックアウトしたあとでもうその姿はなかったのです。彼とはその後二度と会うことはありませんでしたが、僕にとって人生で忘れることのできない出会いです。

その後、僕は何とか無事に面接に呼ばれ採用していただけることになり、中学校の先生として働き始めました。そして、そこで新たに出会ったのが本文中に出てくる劇中劇「グッドバイ・マイ…」です。文化祭の時に三年生が演じたこの劇に新米先生だった僕は衝撃を受けました。もちろんプロが演じるものではありません、セットも照明も音響も中学生ができる範囲のかぎられたものです。それでも舞台上で生徒たちが一生懸命演じる姿に僕は心を奪われ気が付くと涙を流していました。僕はいっぺんにこの劇のファンになってしまいました。そして心の中でこう思いました。

（生徒たちと一緒にあの劇を作り上げてみたい！）

学校の先生の素敵なところは、熱意さえあればやりたいと思ったことをかなりの確率で実現できるところです。一般企業ならばなかなかそうはいかないでしょう。二年後、学校に週に一度「選択授業」の時間が設けられました。この時間、生徒たちはクラスや時間割に縛られず自分の好きな科目を選び学ぶことができます。また、授業内容は担当の先生の裁量に任されていました。国語の先生だった僕は千載一遇のチャンスとばかりに生徒たちに配る選択授業の案内に次のように掲げました。

「選択国語　授業内容　みんなで作り上げる演劇教室　劇団員募集！」

　結果二十名ほどの受講者が集まり、にわか劇団が誕生しました。週に一度の授業に加え、夏休みには部活でもないのに「補習」と銘打って体育館を借りて、運動部よろしく稽古を重ねます。今と違ってこのあたりは比較的な自由な「よき時代」でした。

　さて、お披露目は秋の文化祭です。舞台の出来は決して素晴らしいものではなかったと思いますがそこは自画自賛。生徒たちには「最高だった！」と最大級の賛辞を送り、僕にとっても忘れられない一日となりました。その後、学校を変わるたびに一つ覚えのようにこの劇ばかりを選び、計三回それぞれ違う生徒たちとこの素敵な脚本を演じました。

「Ｇｏｏｄ Ｂｙｅ Ｍｙ・・・」は僕の人生の中での二つの出会いを基にして紡いだ話です。テーマを挙げれば「希望」ということになります。現在の世の中「絶望」は誰にでもある日突然思わぬ形で襲いかかってきます。「災害」「疫病」「貧困」そして時には「戦争」でさえも。そんな時、人は誰でも心が折れたり、立ち上がれなくなったりするものです。僕自身も弱い人間なので日々の些細な出来事に悩み、落ち込み、ドタバタしながら毎日を過ごしています。そしてこう思いながら自分を元気づけます。

「誰かの力を借りながらでいい、何とか頑張っていこう。苦しいのは自分だけじゃない」そんな気持ちを込めてこの話を書きました。
この小説を読んでくださった人に、ほんのわずかでも小さな「希望」を届けることができたら僕は幸せです。

最後まで読んでくれて、本当にありがとう。

尾道　貴志

【参考・引用文献】

『中学校演劇脚本集８』日本演劇教育連盟 編　晩成書房 刊
—同書より「グッドバイ・マイ…（小野川洲雄　脚本・演出）」
ＡＫＢ48「大声ダイアモンド」ＰＶ
映画版「殺さない彼と死なない彼女」　原作：世紀末

著者プロフィール

尾道　貴志（おのみち・たかし）

1964年生まれ。
東京都出身。
本書が二作目の小説となる。
【著作】
『僕たちの挑戦 ファーストステージ「夢」』文芸社（2016年）

Good Bye My・・・

2021年5月19日 第1刷発行

著　者　尾道貴志
発行人　大杉　剛
発行所　株式会社 風詠社
〒553-0001 大阪市福島区海老江5-2-2
大拓ビル5 - 7階
TEL 06（6136）8657 https://fueisha.com/
発売元　株式会社 星雲社
（共同出版社・流通責任出版社）
〒112-0005 東京都文京区水道1-3-30
TEL 03（3868）3275
印刷・製本　シナノ印刷株式会社

ISBN978-4-434-29027-5 C0093